교과서 속

우리 고전

〈교과서 속 우리 고전〉은
초등학교 교과서의 이런 단원과 관련이 깊어요.

교과서 속
우리 고전

우리누리 글 ● 김미정 그림

주니어중앙

어린이가 꿈을 키우는 터전

꿈 많은 어린 시절엔 장대한 역사와 위대한 문화유산에 관한
책을 읽는 것이 좋다.
거기에는 어린이가 꿈을 키우는 터전이 있기 때문이다.
감수성 예민한 어린 시절엔 흥미로운 그림을 통하여
재미있게 이야기를 풀어간 책이 좋다.
그것은 시각적 인식을 통해 어린이의 상상력을 자극하기 때문이다.
『오십 빛깔 우리 것 우리 얘기』는 이런 필요조건을 갖춘
고급 어린이 교양도서라 할 만한 것이다.

유홍준
(전 문화재청장, 현 명지대 교수,
『나의 문화유산 답사기』 저자)

이 책을 추천해 주신 선생님들

● 전래놀이, 풍속과 관련된 수업에 활용하고 있습니다. 옛 풍속과 관련해서 요즘에는 잘 사용하지 않는 용어들이 있어서 아이들이 어려워하는데, 이 책에는 사진 자료와 함께 쉽고 정확하게 설명이 되어 있어 아이들이 이해하기 쉽게 되어 있습니다.
— 손영수 선생님(가사초등학교)

● 아이들이 우리의 전통문화를 쉽게 접할 수 있도록 도움을 주는 소중한 자료입니다. 우리 학교의 독서 퀴즈 대회에서 매년 사용하는 책이랍니다.
— 성주영 선생님(도당초등학교)

● 우리의 옛 풍습과 문화, 관혼상제 등에 대해 자세히 설명되어 있어 수업을 하기 전에 미리 읽어 오라고 하는 도서입니다.
— 전은경 선생님(용산초등학교)

● 우리의 문화와 역사를 초등학생들이 이해하기 쉽도록 재미있는 옛이야기로 풀어낸 점이 가장 마음에 듭니다. 초등 교과와 연계된 부분이 많아 학교 수업에 많이 활용하는 도서입니다.
— 한유자 선생님(삼일초등학교)

김임숙 선생님(팔달초)	조윤미 선생님(화양초)	이경혜 선생님(군포초)	염효경 선생님(지동초)
오재민 선생님(조원초)	박연희 선생님(우이초)	박혜미 선생님(대평중)	이진희 선생님(수일초)
최정희 선생님(온곡초)	정경순 선생님(시흥초)	박현숙 선생님(중흥초)	김정남 선생님(외동초)
이광란 선생님(고리울초)	김명순 선생님(오목초)	신지연 선생님(개포초)	심선희 선생님(상원초)
문수진 선생님(덕산초)	정지은 선생님(세검정초)	정선정 선생님(백봉초)	김미란 선생님(둔전초)
김미정 선생님(청덕초)	조정신 선생님(서신초)	김경아 선생님(서림초)	김란희 선생님(유덕초)
정상각 선생님(대선초)	서흥희 선생님(수일중)	윤란희 선생님(안산시근로자시민문화센터어린이도서관)	

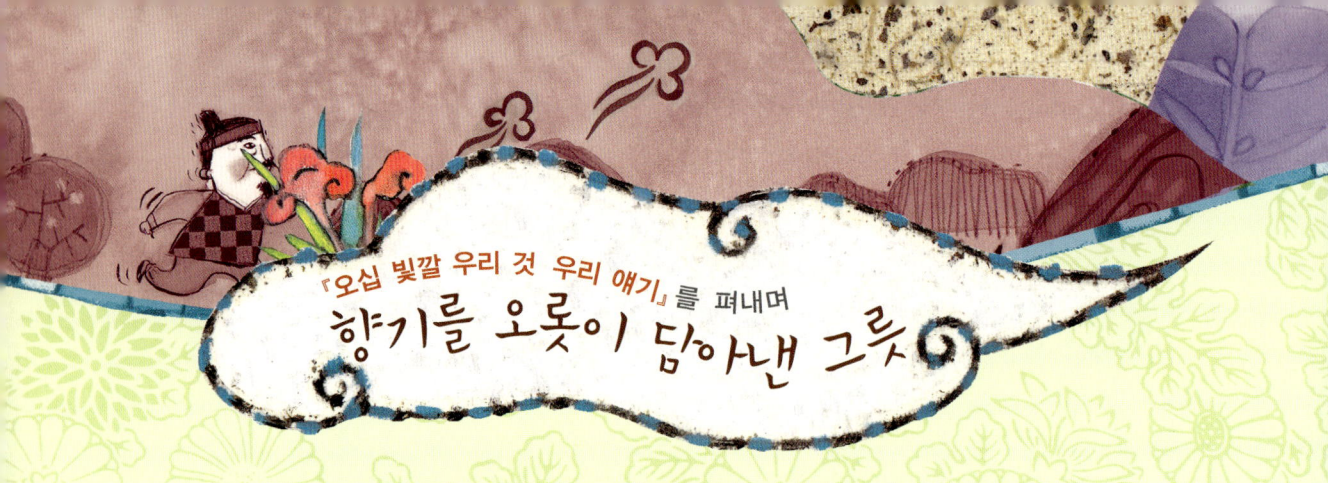

『오십 빛깔 우리 것 우리 얘기』를 펴내며
향기를 오롯이 담아낸 그릇

『오십 빛깔 우리 것 우리 얘기』 시리즈가 처음 출간된 지 어느덧 16년이 되었습니다. 그동안 수많은 어린이와 부모님, 그리고 선생님들의 사랑을 받으며 전 50권이 완간되었고, 어린이 옛이야기 분야의 고전(古典)이자 스테디셀러로 굳건히 자리매김해 왔습니다.

이 시리즈는 '소중히 지켜야 할 우리 것'에 대한 이야기를 어린이를 위해 '쉽고 재미있게' 풀어쓴 책입니다. 내용으로는 선조들의 생활과 풍습 이야기, 문화재와 발명품 이야기, 인물과 과학기술 · 예술작품 이야기, 팔도강산과 고유 동식물 이야기 등 우리나라 역사와 전통문화 모든 영역을 총망라하고 있습니다. 그리고 이를 50가지 주제로 엮어 저학년 어린이도 얼마든지 볼 수 있도록 맛깔나는 옛이야기로 담아냈습니다. 장대한 역사와 위대한 문화유산을 배우기에 옛이야기만큼 좋은 형식도 없기 때문입니다.

대한민국 국민으로서 알아야 하고 전해야 할 우리 것, 우리 얘기는 아주 많습니다. 그동안 이 시리즈를 통해 많은 어린이가 우리 것을 알게 되고, 우리 얘기를 사랑하게 되었을 것입니다. 시간이 흘러도 역사와 전통문화의 향기는 변하지 않기 때문입니다.

하지만 저희는 그 향기를 담아내는 그릇이 그간 색이 바래고 빛을 잃었다는 사실에 가슴이 아프고 안타까웠습니다. 그래서 책에서 전하는 우리 것의 향기를 오롯이 담아낼 수 있는 새로운 그릇을 찾고자 하였습니다. 그 그릇을 통해 향기가 더욱 그윽해지고 멀리까지 퍼져서 수백 년, 수천 년 전의 우리 것이 오늘날에도 살아 숨 쉴 수 있도록 생명력을 주고자 하였습니다.

이에 몇 가지 원칙을 가지고 『오십 빛깔 우리 것 우리 얘기』 시리즈를 새롭게 출간하게 되었습니다.

◎ 원작이 가지는 옛이야기의 맛과 멋을 그대로 살렸습니다.
◎ 요즘 독자들의 감각에 맞추어 디자인과 그림을 50권 전권 전면 개정하였습니다.
◎ 교과 학습의 길잡이가 될 수 있도록 연계 교과를 표시하였습니다.
◎ 학습정보 코너는 유익함과 재미를 함께 줄 수 있도록 4컷 만화, 생생 인터뷰,
   묻고 답하기 등으로 내용을 재구성하였고, 최신 정보와 사진을 수록하였습니다.
◎ 도표, 연표, 역사신문, 체험학습 등으로 권말부록을 풍성하게 꾸며서
   관련 교과 학습을 강화하였습니다.

이 책을 처음 읽었을 8살 꼬마 독자는 지금쯤 나라와 민족에 긍지를 가진 25살 자랑스러운 대한민국 청년이 되었을 것입니다. 그 청년이 부모가 되어서도 자녀에게 다시 권할 수 있는 그런 책이 되기를 바라며, 이 시리즈를 오십 빛깔 그릇에 정성껏 담아 내어놓습니다.

주니어중앙

재미와 감동이 가득한 고전 소설 여행

우리나라 소설 가운데 19세기 이전에 지어진 소설을 '고전 소설'이라고 해요. 그런데 고전 소설이라고 하면 괜히 어렵게 느껴져요. 어려운 한문이 가득 쓰인 낡은 책이 떠오르기도 하고요.

그럼 옛이야기는 어떤가요? 제비 다리를 고쳐주고 복을 받은 흥부 이야기, 눈먼 아버지를 위해 바다에 뛰어든 효녀 심청 이야기, 심술을 부리다 집에서 쫓겨난 옹고집 이야기……. 여러분도 잘 아는 이 옛이야기들이 바로 고전 소설이기도 하답니다.

고전 소설 중에는 《흥부전》이나 《심청전》처럼 누가, 언제 지었는지 알 수 없는 것이 많아요. 물론 《금오신화》나 《양반전》처럼 지은이가 누구인지 알 수 있는 것도 있지만요. 또 한글로 쓰인 것도 있고, 한문으로 쓰인 것도 있어요. 어떤 고전 소설은

　같은 제목이라도 등장인물이나 이야기의 결말이 다르기도 하지요.

　하지만 고전 소설을 즐기는 데에는 지은이가 누구인지, 한글로 썼는지 한문으로 썼는지는 중요하지 않아요. 고전 소설을 읽고 여러분이 얼마나 재미있고 감동적이었는지, 무엇을 어떻게 느꼈는지가 중요하지요. 소설을 읽는 이유는 예나 지금이나 마찬가지로 재미와 감동을 느끼기 위해서니까요.

　이 책에는 우리 조상들을 웃기고 울렸던 많은 고전 소설 가운데 교과서에 자주 실리는 열 편의 작품을 뽑아 실었어요. 한 편 한 편 읽다 보면 재미와 감동은 물론 그 속에 담긴 조상들의 생각과 지혜까지 배울 수 있을 거예요. 그럼 지금부터 우리 고전 소설로의 여행을 떠나 볼까요?

어린이의 벗 우리누리

차례

흥부전

착한 동생과 심술궂은 형의 이야기

옛날 어느 마을에 놀부와 흥부라는 형제가 살았어요. 형 놀부는 욕심 많고 심술궂기가 동네에서 따라올 자가 없을 정도였어요. 하지만 동생 흥부는 착하고 어진 사람이었지요.

부모님이 돌아가시자 놀부는 물려받은 재산을 모두 차지하고 동생 가족을 내쫓아 버렸어요. 빈손으로 쫓겨난 흥부네는 당장 먹고 살 것이 없을 만큼 가난했어요.

"여보, 이를 어쩌죠? 오늘은 죽 끓일 보리쌀 한 줌도 없어요."

흥부의 아내가 걱정스럽게 말했어요. 아이들의 배에서는 꼬르륵 꼬르륵 소리가 북소리처럼 크게 울렸지요.

"내가 형님 댁에 들러 보리쌀이라도 좀 얻어 오리다."

흥부는 그렇게 말하고는 무작정 집을 나섰어요.

"형님, 흥부 왔습니다."

"누구? 나는 거지를 동생으로 둔 적이 없다."

놀부는 심술궂은 얼굴로 방문을 탁 닫아 버렸어요.

"형수님, 형수님 계십니까?"

흥부는 부엌문을 살며시 열었어요. 그러자 구수한 쌀밥 냄새가 솔솔 풍겨 나왔어요. 며칠이나 밥 구경을 못한 흥부의 배가 요란스레 꾸르륵거리기 시작했어요.

"아니, 이게 누구야?"

기름기가 번지르르 흐르는 하얀 쌀밥을 푸고 있던 놀부의 아내가 매서운 눈으로 흥부를 노려봤어요.

"형수님, 아이들이 며칠째 밥 한 술 못 먹고 있어요. 보리쌀이라도 있으면 좀……."

"우리 집에 보리쌀 맡겨 놨어요?"

놀부의 아내는 흥부가 말을 끝내기도 전에 버럭 소리부터 지르더니 쥐고 있던 밥주걱으로 흥부의 뺨을 찰싹 때렸어요.

　　며칠을 굶어 힘이 하나도 없던 흥부는 하늘
이 노래지면서 세상이 빙빙 도는 것 같았지요.
　　"아이고, 아야!"
　　얼얼한 뺨을 만지던 흥부의 손에 밥알 몇 알이 만져졌어요.
　　"아, 맛있다. 형수님, 밥주걱으로 이쪽 뺨도 때려 주세요."
　　흥부는 정신없이 밥알을 떼어먹으며 말했어요. 하지만 놀부의
아내는 밥상을 들고 방으로 들어가 버렸지요. 흥부는 터덜터덜 집
으로 돌아가야 했어요.
　　흥부네는 굶주림에 시달리며 힘겹게 하루하루를 살아갔어요.
　　그러던 어느 봄날이었어요. 흥부네 처마 밑에 집을 지은 제비들
이 소란스레 울어 댔어요.

"찍찍, 지지배배."

"무슨 소리지?"

흥부는 제비집을 올려다보고는 깜짝 놀랐어요. 커다란 구렁이가 제비집 앞에서 혀를 날름거리고 있지 않겠어요?

"이 나쁜 구렁이 놈, 왜 죄 없는 제비들을 괴롭히느냐?"

흥부는 지게 작대기로 구렁이를 세차게 내리쳤어요. 그러자 구렁이는 슬금슬금 도망쳤지요. 그런데 그만 구렁이를 피하려던 새끼 제비 한 마리가 바닥으로 떨어지고 말았어요.

"아유, 가여워라. 다리가 부러졌네."

흥부와 아내는 부러진 제비 다리에 가느다란 막대기를 대고 하얀 실로 꽁꽁 묶어 주었어요. 아이들은 날마다 벌레를 잡아다 새끼 제비에게 먹이로 주었고요.

이처럼 정성 어린 보살핌을 받은 새끼 제비는 곧 씻은 듯이 나았어요. 그리고 가을이 되자 따뜻한 남쪽 나라로 날아갔지요.

다음 해 봄이 되었어요. 남쪽으로 날아간 제비들이 하나 둘 돌아오기 시작했어요. 흥부네 앞마당에도 제비 한 마리가 날아와 빙빙 마당 위를 맴돌고 있었어요.

"거참, 이상하네?"

고개를 갸웃거리며 제비를 자세히 살펴보던 흥부의 눈이 휘둥그레졌어요. 제비 다리에 하얀 실이 묶여 있었기 때문이지요. 지난봄에 흥부네 가족이 보살펴 준 바로 그 제비였어요.

"네가 돌아왔구나!"

흥부는 반가운 마음에 제비에게 손을 뻗었어요. 그러자 제비가 어디서 물고 왔는지 작은 박씨 하나를 떨어뜨려 주었어요.

흥부는 정성껏 그 박씨를 심었어요. 박씨는 심은 지 하루 만에 싹을 틔웠어요. 그리고 일주일 뒤에는 박 세 덩어리가 열렸지요.

다시 열흘쯤 지나자 흥부네 박은 보통 박보다 몇 배나 크게 자랐어요. 지붕 위에 열린 커다란 박 때문에 흥부네 초가지붕이 무너질 지경이었어요.

마침내 박을 타는 날이 되었어요. 흥부는 옆집에서 톱을 빌려 왔어요. 아이들은 박 타는 모습을 구경하려고 빙 둘러섰지요.

"슬근슬근 톱질하세. 이 박에서 무엇이 나올까?"

흥부네 가족은 즐겁게 노래를 하며 톱질을 했어요.

"쓱싹쓱싹."

첫 번째 박이 쫙 갈라졌어요. 그러자 박 속에서 하얗고 조그만 알갱이가 주르르 쏟아져 나왔어요.

"우아, 쌀이다. 쌀! 쌀!"

박에서 나온 것은 바로 하얀 쌀이었어요. 아이들은 신 나서 쌀을 마구 집어먹었어요. 흥부도 오도독오도독 쌀을 씹으며 두 번째 박을 갈랐어요. 이번에는 황금색 동전이 와르르 쏟아졌어요. 흥부네 가족 모두 두 눈이 휘둥그레졌어요.

"이번에는 뭐가 나올까?"

모두 궁금해하며 서둘러 세 번째 박을 타기 시작했지요.

"쓱싹쓱싹."

세 번째 박에서는 망치와 톱을 든 사람들이 뛰어나왔어요.

"뚝딱뚝딱."

박에서 나온 사람들은 순식간에 흥부네 집을 커다란 기와집으로
지어 놓고 사라져 버렸어요.

흥부네는 동네에서 제일가는 부자가 되었지요. 그 소식을 들은
욕심쟁이 놀부와 놀부의 아내는 배가 아파서 견딜 수가 없었어요.

"흥, 우리 집에도 제비가 있어."

놀부는 흥부처럼 제비에게 박씨를 얻기로 마음먹었어요. 그래서 종일 제비집 아래에서 구렁이가 나오기를 기다렸어요. 하지만 아무리 기다려도 구렁이는커녕 쥐새끼 한 마리 나오지 않았지요.

"에라, 모르겠다."

놀부는 사다리를 타고 제비집 가까이 올라갔어요. 그러고는 멀쩡한 새끼 제비의 다리를 두 개나 부러뜨리고 말았어요.

"내가 다리를 치료해 줄 테니 박씨를 물어 오너라."

다음 해 봄이 되자 제비가 박씨를 물고 왔어요. 마당에 박씨를 심은 놀부는 좋아서 입을 다물지 못했어요.

"우리는 이제 더 부자가 되겠지?"

놀부가 심은 박씨에서도 싹이 나고, 박이 열렸어요.

마침내 박을 타는 날이 되었어요. 놀부는 혹시라도 누가 볼까 대문을 걸어 잠그고, 커다란 톱으로 박을 타기 시작했어요.

"슬근슬근 톱질하세."

"펑!"

첫 번째 박이 갈라지면서 뿔이 두 개 달린 도깨비가 커다란 방망이를 들고 뛰어나왔어요.

“네 이놈, 놀부야. 멀쩡한 제비 다리를 부러뜨리고도 네가 성할 줄 알았느냐?”

도깨비는 놀부네 집을 다 무너뜨리고, 놀부의 재산도 모조리 가져가고 말았어요.

“괜찮아, 다음 박에서는 분명히 금이 나올 거야.”

놀부는 서둘러 다시 박을 가르기 시작했어요. 이번에는 누런 것이 주르르 쏟아져 나왔어요.

“황금인가?”

그런데 황금치고는 냄새가 너무 고약했어요. 놀부의 아내는 두 손으로 코를 틀어막았어요.

“뭐야? 똥물이잖아?”

콸콸 쏟아져 나오는 똥물은 놀부네 앞마당을 가득 채웠어요. 그러고는 마을 전체로 퍼져 나가 온 동네가 금세 똥물에 잠기고 말았어요. 그러자 화가 난 마을 사람들이 놀부를 쫓아내 버렸지요.

이 소식을 들은 마음씨 고운 흥부는 놀부네를 데려다 오래오래 사이좋게 살았답니다.

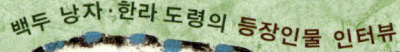

마음씨 착한 흥부를 만나요

 흥부님, 《흥부전》을 참 재미있게 읽었어요. 작가가 누구인지 못된 형 놀부와 착한 동생 흥부 이야기를 참 맛깔나게 썼어요.

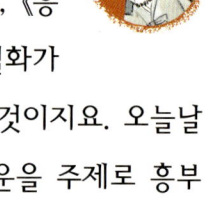 《흥부전》의 작가는 알 수 없어요. 옛날부터 사람들의 입에서 입으로 전해오는 이야기를 '설화'라고 하는데, 《흥부전》은 전라북도 남원에서 전해오던 설화가 여러 사람의 손을 거쳐 소설로 만들어진 것이지요. 오늘날 남원에서는 해마다 사랑, 나눔, 보은, 행운을 주제로 흥부제가 열리는데, 춘향제와 더불어 남원을 대표하는 축제가 되었답니다.

남원 흥부 마을 풋돌

 아! 그렇군요. 그런데 판소리 《흥부가》를 들어보니 소설 《흥부전》과 주인공도, 줄거리도 똑같더라고요. 이 둘은 뭐가 다른가요?

 소리꾼들이 흥부 이야기를 판소리로 부른 것이 《흥부가》이고, 판소리 가사를 한글 소설로 다시 쓴 것이 《흥부전》이에요. 이처럼 설화가 판소리를 거쳐 소설로 기록된 것을 '판소리계 소설'이라고 하지요.

 판소리는 우리나라 중요무형문화제이고, 유네스코에서 뽑은 세계무형유산이기도 하잖아요. 그런 판소리로 재미난 고전 소설을 즐길 수 있다니, 정말 기뻐요. 판소리계 소설은 모두 판소리 공연으로 볼 수 있나요?

판소리계 소설로는 《흥부전》 말고도 《토끼전》, 《심청전》, 《춘향전》, 《배비장전》, 《옹고집전》 등 여러 가지가 있어요. 하지만 아쉽게도 이 가운데 판소리가 오늘날까지 전해지고 있는 것은 다섯 가지 밖에 없어요. 이를 '판소리 5마당' 이라고 하는데, 《흥부가》, 《수궁가》, 《심청가》, 《춘향가》, 《적벽가》가 있답니다.

 조선 시대 양반들은 한문을 주로 썼다고 들었어요. 그럼 《흥부전》 같은 한글 소설들은 주로 평민이나 여자들이 읽었겠죠?

처음에는 평민들과 여자들이 주로 읽었지만, 점점 양반들에게도 인기를 끌었답니다. 재미있는 이야기 앞에서 양반과 평민, 남자와 여자의 구별은 있을 수 없는 것 같아요.

 판소리에서 발전한 판소리계 소설에는 생생한 느낌의 의성어와 의태어가 고스란히 담겨 있어요.

금오신화

우리나라 최초의 한문 소설

전라북도 남원에 양생이라는 노총각이 살았어요. 양생은 일찍이 부모를 여의고 만복사라는 절에서 살고 있었지요.

어느 봄날이었어요. 양생은 몹시 외롭고 답답하여 마당으로 나갔어요. 마당에는 활짝 핀 하얀 배꽃이 별처럼 빛나고 있었지요. 배꽃 아래를 거닐던 양생은 갑자기 좋은 생각이 떠올라 가만히 미소를 지었어요.

다음 날은 3월 24일이었어요. 남원의 젊은이들은 해마다 이날이 되면 만복사에 모여 부처님에게 소원을 빌었지요. 밤이 으슥해지자 양생도 불상 앞으로 나갔어요.

"제가 오늘 부처님과 저포놀이를 하려 합니다. 제가 이기면 좋은 배필을 만나게 해 주시고, 부처님이 이기시면 제가 백일기도를 드리겠습니다. 자, 던집니다. 이번 것은 부처님 몫입니다."

저포는 주사위와 비슷한 놀이기구예요. 양생은 저포를 힘껏 던졌지요.

"이번에는 제 몫입니다."

양생은 다시 한 번 저포를 던졌어요.

"우아! 제가 이겼어요. 약속대로 배필을 구해 주셔야 합니다."

하지만 불상은 여전히 희미하게 웃고만 있었지요.

양생은 불상 옆에 자리를 잡고 앉아 이런저런 생각에 빠졌어요.
그런데 얼마 뒤에 열다섯 살쯤 되어 보이는 어여쁜 아가씨가 소리
도 없이 나타났어요. 아가씨는 부처님에게 절을 올린 뒤 긴 한숨
을 내쉬었어요.

　　"부처님, 왜구가 쳐들어왔을 때 가족 모두 사방으로 흩어지고,
저 혼자 골방에 숨어 있었어요. 다행히 목숨은 구했지만……."

　　아가씨는 슬피 울며 말을 이었어요. 양생은 불상 뒤에 숨어서 아
가씨의 말을 계속 엿들었지요.

　　"저는 그동안 외롭고 쓸쓸하게 지냈어요. 부처님께서 저를 불쌍
히 여겨 제 인연을 만나게 해 주세요."

양생은 궁금함을 참을 수 없어 불상 뒤에서 뛰쳐나왔어요.

"아가씨는 누구십니까? 무슨 일로 이렇게 울고 계시나요?"

아가씨는 갑자기 나타난 양생을 보고도 놀라지 않았어요.

"제가 누군지 꼭 아셔야겠어요? 당신이 제 짝이면 어서 저를 데려가 주세요."

양생은 이 아가씨야말로 부처님이 보내 주신 배필이라는 생각이 들었어요.

두 사람은 아가씨가 마련한 별당에서 밤새 이야기를 나누었어요. 별당에는 양생이 처음 먹어 보는 음식들이 푸짐하게 차려져 있었어요. 은은한 향기를 풍기는 술은 신선이 마시는 것 같았고요. 양생은 마치 다른 세계에 온 듯한 기분이 들었지요.

양생은 아가씨와 이야기를 나누느라 시간 가는 줄 몰랐어요. 어느새 멀리서 새벽닭 우는 소리가 들렸지요.

"이제 양생님은 저의 서방님이십니다. 우리의 인연은 이미 정해졌어요. 저와 함께 저희 집으로 가시지요."

아가씨는 어리둥절해하는 양생을 이끌고 밖으로 나갔어요.

두 사람이 마을을 지날 때였어요. 갑자기 개들이 이곳저곳에서 시끄럽게 짖어 댔어요.

"어이, 이 새벽에 어딜 가는 건가?"

지나가던 마을 사람들은 양생에게만 인사를 했어요. 마치 아가씨가 보이지 않는 것처럼 말이지요. 양생은 이상한 생각이 들었지만 아름다운 아가씨를 놓치고 싶지 않아서 잠자코 따라갔어요.

깊은 산속으로 한참 들어가자 아름다운 집 한 채가 보였어요. 양생은 그 집에서 사흘 동안 꿈 같은 시간을 보냈어요.

"이제 서방님은 서방님의 집으로 돌아가셔야 해요. 이곳의 사흘은 인간 세상의 3년과 같답니다."

아가씨의 말에 양생은 깜짝 놀랐어요.

"그럼 이곳은 어디란 말이오?"

겁이 난 양생은 아가씨를 붙잡고 물었어요. 하지만 아가씨는 양생에게 은으로 만든 술잔 하나만 불쑥 내밀 뿐이었어요.

"내일 보련사에서 저를 위한 음식을 준비할 거예요. 이 술잔을 들고 보련사로 가는 길목에 서 계시면 제가 찾아가겠어요. 함께 부모님께 인사를 드리고 싶어요."

양생은 뭐가 뭔지 알 수 없어 머릿속이 복잡했지만 일단 고개를 끄떡였어요.

다음 날 양생은 보련사 입구에서 아가씨를 기다렸어요.

얼마 뒤 부잣집의 말과 수레가 나타났어요. 주인인 듯한 사람이
지나가다 양생이 들고 있는 은잔을 보고 깜짝 놀라 소리쳤어요.

"그 은잔을 어디서 훔쳤소?"

"훔친 것이 아닙니다."

양생은 아가씨와 만난 이야기를 사실대로 말했어요.

"그 은잔은 내 딸 장례를 치를 때 관에 넣어 준 것이네. 내 딸은
지난번 왜구가 쳐들어왔을 때 죽었다네. 오늘 그 아이의 명복을
빌러 가는 길일세. 자네 말이 사실이라면 부디 함께 오게나."

아가씨의 아버지는 양생의 두 손을 꼭 잡으며 말했어요.

마침내 아가씨가 나타났어요. 양생은 아가씨의 손을 꼭 잡고 보
련사로 향했어요. 하지만 아가씨의 모습은 그 누구에게도 보이지
않았어요. 오직 양생의 눈에만 보였지요.

"마지막으로 함께 식사하고 싶어요."

아가씨가 말했어요. 물론 이 소리도 양생에게만 들렸지요. 아가
씨의 아버지는 양생과 아가씨를 위해 식사를 준비해 주었어요.

그러자 신기한 일이 일어났어요. 상 위에서 젓가락이 둥실둥실
저 혼자 움직이는 것이 아니겠어요? 그뿐만이 아니었어요. 음식
도 조금씩 줄어들었지요.

"아가씨가 밥을 먹나 봐."

사람들이 수군거렸어요.

양생과 아가씨는 밥을 먹으면서 도란도란 정답게 이야기도 나눴어요. 하지만 다른 사람들이 가까이 오면 말소리는 금방 희미해져 버렸지요.

"나무아미타불 관세음보살. 부디 좋은 곳으로 가십시오."

나무 아미 타불   관세음 보살~

식사가 끝나자 보련사의 스님이 아가씨의
명복을 빌었어요. 그러자 아가씨가 큰 소리로 울기
시작했어요.

"젊은 나이에 이렇게 떠나는 것이 너무 억울해요. 엉엉."

명복을 비는 사람들의 기도가 길어지자 아가씨의 목소리가 점점
작아졌어요. 그러다 마침내 사라지고 말았지요.

"아가씨, 아가씨! 나를 버려두고 어디로 간 것이오."

아가씨가 사라지자 양생은 슬퍼서 견딜 수 없었어요. 그래서 결
혼도 하지 않은 채 지리산으로 들어가 버렸어요. 깊고 깊은 지리
산에서 양생이 어떻게 살았는지는 아무도 모른답니다.

백두 낭자·한라 도령의 등장인물 인터뷰

슬픈 사랑의 주인공 양생을 만나요

 양생님, 이야기가 정말 환상적이고 재미있어요. 그런
데 양생님이 주인공으로 나오는 이야기는 《금오신화》
에 실린 이야기 가운데 하나라면서요? 그렇다면 《금
오신화》는 여러 편의 짧은 소설이 묶인 소설집인가 봐요.

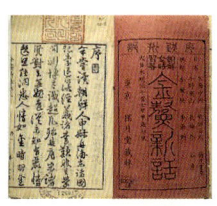

《 금오신화》

《금오신화》에는 〈만복사저포기〉, 〈이생규장전〉, 〈취유부벽정기〉, 〈용궁부
연록〉, 〈남염부주지〉 등의 이야기가 실려 있어요. 원래는 더 많은 이야기
가 있었다고 전해지지만, 현재 남아 있는 것은 이 다섯 편뿐이지요. 방금
여러분이 읽은 이야기는 그 가운데 〈만복사저포기〉라는 이야기랍니다.

 《금오신화》를 쓴 작가 매월당 김시습은 세 살 때
시를 지을 정도로 신동이었다고 들었어요.
김시습은 어떤 사람인가요?

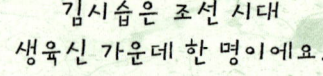

김시습은 조선 시대
생육신 가운데 한 명이에요.

김시습은 세종이 감탄할 정도로 재주가 뛰어난 사람이었어요. 하지만 수양대군이 조카인 단종을 죽이고 왕의 자리에 오르자 벼슬을 포기하고 스님이 되어 평생을 떠돌아다녔지요. 김시습은 서른한 살부터 서른일곱 살까지 칠 년 동안 경주 남산의 용장사에 머무르며 《금오신화》를 썼어요. 책 제목도 남산의 옛 이름인 금오산을 따서 《금오신화》라고 지었답니다.

수양대군은 훗날 세조가 된 뒤에도 인품이 훌륭하고 학문이 뛰어난 김시습을 곁에 두고 싶어서 용장사로 신하를 보냈다던데, 어떻게 되었나요?

김시습은 세조가 자신을 찾지 못하게 용장사 건너편의 깊은 골짜기로 숨어버렸답니다. 김시습의 뜻을 안 세조는 더는 김시습을 찾지 않았다지요. 세조의 부름에 끝까지 응하지 않은 것을 보면 김시습은 정말 절개가 굳은 사람이었나 봐요.

오늘날 용장사는 사라지고 그 자리에 삼층석탑만 남아 있어요.

용장사터 삼층석탑

토끼전

 동물 세계로 빗대어 본 인간 세상

남쪽 바다의 용왕님이 큰 병에 걸렸어요. 바다에서 용하다는 의사가 모두 모였지만 용왕님의 병을 고칠 수 없었어요. 그때 중국에서 온 유명한 의사 한 명이 앞으로 나섰어요.

"용왕님의 병은 어떤 약도 효험이 없습니다. 딱 한 가지 신통한 약이 있기는 한데, 워낙 구하기가 어려워서……."

"그 약이 무엇이냐?"

용왕님은 눈을 동그랗게 뜨고 물었어요.

"그 약은 바로 살아 있는 토끼의 간입니다. 토끼의 간을 먹으면 반드시 병이 나을 것입니다."

용왕님은 뛸 듯이 기뻐하며 신하들을 불러 모았어요.

"내 병은 토끼의 간을 먹으면 나을 수 있다고 하는구나. 누구든 땅 위로 올라가 토끼를 산 채로 잡아 오도록 하라."

용왕님의 말이 떨어지기가 무섭게 자라가 나섰어요.

"제가 가겠습니다. 토끼를 사로잡으려면 힘보다는 지혜가 필요합니다. 이 바닷속에 저만큼 지혜로운 동물이 또 있겠습니까? 게다가 제 몸은 머리를 움츠리고 네 다리를 몸통 속에 쏙 집어넣으면 동글동글하고 딱딱한 것이 마치 바위처럼 보인답니다. 그러니 사람들에게 들킬 염려도 없지 않겠습니까?"

자라의 말에 용궁에 모인 동물들은 모두 고개를 끄떡였어요. 자라는 곧바로 바다를 헤엄쳐 토끼가 사는 땅으로 떠났지요.

자라가 도착한 땅은 무척 아름다웠어요. 짙푸른 나무들이 하늘을 뒤덮고, 들판에는 예쁜 꽃들이 가득했어요. 비둘기, 뻐꾸기, 꾀꼬리 같은 새들이 고운 목소리로 노래하고 있었고요.

"우아, 참 멋있는 곳이구나!"

자라는 입을 다물지 못했어요.

숲 속에는 꼬리가 긴 다람쥐, 뾰족뾰족 가시 털이 돋아난 고슴도치, 커다란 뿔을 자랑하는 사슴이 자유롭게 뛰어놀고 있었어요. 자라는 두리번거리며 주위를 살폈어요.

"참 이상해. 이렇게 동물이 많은데 왜 토끼는 보이지 않지?"

자라는 시냇물을 건너 산꼭대기로 올라가 보기로 했어요.

막 시냇물을 건너려는데 멀리서 하얀 동물 하나가 깡충깡충 뛰어오고 있었어요. 두 눈이 동글동글하고, 두 귀를 쫑긋 세우고, 뒷다리는 길쭉한 게 틀림없이 토끼였어요.

자라가 엉금엉금 기어 토끼 옆으로 다가갔어요.

"어이, 토 선생 아니오?"

"아이 깜짝이야! 이 못생긴 동물은 누구야?"

토끼는 자라의 널따란 등을 두들기며 중얼거렸어요. 자라는 못생겼다는 말에 기분이 나빴지만 꾹 참고 말했지요.

"나는 남쪽 바다에 사는 별주부라 합니다. 산속의 영웅호걸 토선생을 만나게 되어서 영광입니다."

토끼는 괜히 으쓱해졌어요.

"토 선생같이 지혜가 뛰어난 분이 바다에 있으면 얼마나 좋을까. 우리 용왕님께서 지혜로운 분을 높은 벼슬에 앉히려 하시는데, 바다에는 인재가 없답니다."

"그럼. 나처럼 지혜로운 인재가 흔하지는 않지요."

자라의 칭찬에 토끼는 금방 거들먹거리기 시작했어요.

'토끼가 슬슬 내 꾀에 빠지는군.'

자라는 토끼를 꾀어서 바다에 데려가기 위해 듣기 좋은 말을 늘어놓기 시작했어요.

"바다는 우리처럼 약한 동물이 살기에 좋지요. 호랑이처럼 무서운 동물이 없으니 말이오. 게다가 용왕님께서는 토 선생처럼 훌륭한 분에게는 높은 벼슬과 많은 재산을 내리실 것이오."

"정말이오? 내가 가면 벼슬에 재물까지 준단 말이오?"

"그럼요. 용궁에서는 일찍부터 역사책을 만들 분을 찾고 있어요. 그런데 아직 마땅한 인재를 구하지 못해 그 벼슬자리가 비어 있답니다. 내 보기에 토 선생이 적격인 것 같소."

"그래요? 그럼 용궁으로 가겠소."

토끼는 당장 자라를 따라나섰어요. 높은 벼슬과 재물을 얻게 된다는 말에 기뻐서 휘파람까지 불며 앞장섰지요.

드디어 바닷가에 이르렀어요.

"이보시오, 별주부. 그런데 어찌지요? 나는 바닷속에 들어가면 숨을 못 쉬어 죽을 텐데……."

"괜찮소. 내 등에 올라타면 아무 염려도 없소. 걱정하지 말고 어서 내 등에 올라타시오."

토끼는 산을 쳐다보며 머뭇거렸어요. 정든 고향을 떠나려니 몹시 섭섭했지요. 자라는 일부러 엄한 목소리로 말했어요.

"나는 동해에 사신으로 다녀오는 중이라 여기 오래 머무를 수 없소. 아무래도 토 선생이 바다가 무서워 용궁으로 가기 싫은 모양이니, 나 혼자 가겠소."

"그렇지 않소. 내 따라가겠소."

토끼는 '하마터면 높은 벼슬을 잃을 뻔했구나.' 하고 안도의 한숨을 내쉬며 자라를 따라갔어요.

그런데 용궁에 도착하자마자 갑자기 자라의 태도가 바뀌었어요.
토끼를 꽁꽁 묶어 용왕님 앞에 무릎을 꿇게 했지요.

"이게 무슨 짓이야? 나한테 높은 벼슬을 준다고 했잖아!"

토끼가 소리를 지르며 몸부림을 쳤지만 소용없었어요.

"나는 남쪽 바다의 용왕이니라. 내 갑자기 병을 얻어 죽게 되었
으나, 살아 있는 토끼의 간을 먹으면 낫는다고 하는구나. 보잘것
없는 짐승인 네놈이 용왕의 목숨을 살린다면, 그보다 더 큰 영광
이 어디 있겠느냐!"

용왕님은 신하들에게 당장 토끼의 배를 갈라 간을 꺼내라고 명령했어요.

토끼는 벼슬과 재물을 탐낸 것을 깊이 뉘우쳤어요. 하지만 때는 이미 늦었지요. 용왕님의 신하들이 커다란 칼을 들고 무섭게 달려오고 있었으니까요.

"잠, 잠깐만요!"

번쩍이는 칼을 본 순간 토끼의 머리에 한 가지 꾀가 퍼뜩 떠올랐어요. 토끼는 놀란 마음을 가라앉히고 아무렇지 않은 표정을 지었어요. 그리고 용왕님에게 말했지요.

"용왕님, 제 간을 드시고 용왕님의 병이 낫는다면 그보다 더 큰 기쁨이 어디 있겠습니까. 하지만 제 간이 워낙 효험이 있다 보니 달라고 보채는 사람이 아주 많답니다. 그래서 아침이면 맑은 이슬에 잘 씻어서 깊은 산 바위 밑에 감추어 놓는답니다."

그리고 일부러 자라에게 큰 소리로 화를 냈어요.

"어리석은 자라야! 이런 일이 있으면 미리 말을 했어야지. 그래야 간을 가지고 왔을 것 아니냐!"

용왕님과 자라는 어리둥절해했어요. 그 모습을 본 토끼는 더욱 당당하게 말했지요.

"용왕님, 제가 죽는 것은 억울하지 않지만 저의 배를 갈랐다가 간이 없으면 용왕님은 영원히 낫지 못할 것입니다."

토끼의 말을 가만히 듣고 있던 용왕님은 자라에게 토끼와 함께 산에 다녀오라고 명령했어요. 자라는 토끼를 등에 태우고 다시 땅으로 나갔어요. 땅 위에 오른 자라는 토끼를 재촉했지요.

"토끼야, 어서 간을 숨겨 둔 바위로 가자. 시간이 없어."

"하하하, 이 미련한 자라야."

토끼는 큰 소리로 자라를 비웃었어요.

"이 세상에 간을 빼놓는 동물이 어디 있느냐? 모두 나에게 속은 것이다. 야, 나는 살았다!"

그러고는 산으로 도망쳐 버렸어요. 그제야 토끼에게 속은 것을 안 자라는 땅을 치며 후회했지만, 때는 이미 늦었답니다.

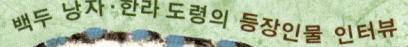

용궁을 다녀온 토끼를 만나요

토끼님, 토끼님이 목숨을 구해서 다행이에요. 하지만 자라님이 용궁으로 돌아가 용왕님한테 혼나지는 않을까 걱정이네요.

고전 소설 중에는 같은 제목이라도 등장인물이나 결말이 다른 것이 있어요. 설화마다 내용이 조금씩 다르기도 하고, 이야기를 옮기는 과정에서 글을 쓰는 사람의 생각이 더해지기도 하니까요. 그러니 걱정하지 말아요. 어떤 《토끼전》에서는 자라가 산신령을 만나 용왕님을 구할 약을 얻어 용궁으로 무사히 돌아간답니다.

그렇군요. 《토끼전》의 배경 설화는 '귀토지설'이라고 들었어요. 그런데 그 설화가 역사책인 《삼국사기》에도 있다면서요?

《토끼전》의 배경이라고 전해지는 경상남도 사천시의 비토섬이에요.

그래요. 신라의 김춘추가 고구려에 갔다가 붙잡혔는데, 김춘추를 안타깝
게 여긴 고구려의 신하가 귀토지설 이야기를 들려 주었어요. 그래서 김
춘추도 나처럼 꾀를 내어 고구려왕을 속이고 빠져나왔답니다.

 하하하. 그럼 토끼님이 김춘추를 살린 셈이네요. 참, 《토끼전》은 토끼와
자라 등 사람이 아닌 동물이 주인공으로 나와요. 이처럼 고전 소설 가운
데 동물이 주인공인 소설이 또 있나요?

동물이나 식물, 무생물이 사람처럼 말하고 행동하는 이야기를 '우화'라
고 해요. 우화는 현실의 문제를 동물에 빗대어 우습고 재미있게 표현하
여 교훈을 주지요. 우리 고전 소설 가운데 우화로는 장끼와 까투리가 주
인공인 《장끼전》, 두꺼비가 나오는 《두껍전》, 쥐가 나오는 《서동지전》, 까치가 주인공
인 《까치전》 등이 있답니다.

《토끼전》을 그린 민화

《토끼전》은 별주부전,
토생원전, 토끼의 간 등으로
불리기도 해요.

심청전

선조들을 감동시킨 효녀 이야기

옛날 도화동에 앞을 보지 못하는 심학규라는 선비가 살고 있었어요. 심학규는 혼자서 젖먹이 어린 딸 청이를 키웠지요.

"아주머니, 우리 불쌍한 청이에게 젖 좀 나눠 주시오. 어린것이 배고파 울고 있다오."

심학규는 날마다 지팡이를 짚고 이 마을 저 마을 돌아다니며 젖 동냥을 했어요. 마음씨 좋은 동네 아낙네들이 청이에게 젖을 나눠 먹였지요. 다행히 청이는 아주 착하고 예쁜 아이로 자랐답니다.

어느덧 청이가 열다섯 살이 되었어요. 효성이 깊은 청이는 앞을 못 보는 아버지 대신 품팔이를 하고 다녔어요.

그러던 어느 날이었어요. 이웃 마을에 일을 하러 간 청이가 좀처럼 돌아오지 않는 것이었어요.

"청이가 올 때가 지났는데……. 어디쯤 오고 있나?"

걱정이 된 심학규는 지팡이를 짚고 더듬더듬 밖으로 나갔어요. 마침 비가 온 뒤라 길이 몹시 미끄러웠지요. 심학규는 청이 걱정에 서둘러 걷다가 넘어져 그만 개울에 빠지고 말았어요.

"사람 살려! 어푸어푸. 누구 없소? 심 봉사 빠져 죽네."

심학규는 두 손을 허우적거리며 소리를 질렀어요. 마침 지나가던 스님이 물에 빠져 허우적대는 심학규를 발견했지요.

"아니, 눈도 성치 않은 사람이 어쩌다 이런 일까지 당한 것이오? 쯧쯧쯧."

스님은 심학규를 집까지 데려다 주었어요.

"저는 몽은사의 중이오. 눈이 안 보이니 얼마나 답답하시겠소? 우리 절의 부처님이 용하니 공양미 삼백 석을 시주하고 정성껏 기도하면 눈을 뜰 수 있을 텐데…… . 나무관세음보살."

"정말 눈을 뜰 수 있단 말이오? 그럼 내가 공양미 삼백 석을 시주하리다. 어서 적어 가시오. 도화동의 심학규라고 말이오."

눈을 뜰 수 있다는 말에 심학규는 좋아 어쩔 줄 몰라 했어요. 하지만 스님은 의심스러운 눈초리로 집 안을 둘러봤지요. 허름한 초가에다 벽에서는 흙이 툭툭 떨어지고, 쓸 만한 살림살이 하나 없는 몹시 가난한 집이었어요.

"아니, 이런 형편에 공양미 삼백 석이 가능하겠소?"

"그럼요!"

심학규는 덜컥 약속을 해 버렸어요.

스님이 돌아가고 나서야 심학규는 비로소 정신이 번쩍 들었어요. 입에 풀칠하기도 어려운 형편에 어쩌자고 그런 약속을 했는지 기가 막혔지요.

심학규는 밥도 못 먹고 잠도 못 자며 하루하루 말라 갔어요. 청이는 갈수록 여위어 가는 아버지가 걱정돼서 견딜 수가 없었어요.

"아버지, 무슨 일 있으세요? 말씀 좀 해 보세요."

심학규는 할 수 없이 스님과 한 약속을 청이에게 말했어요.

"어쩌면 좋겠느냐? 부처님과 한 약속을 어길 수도 없고……."

"걱정하지 마세요, 아버지. 아버지가 눈만 뜰 수 있다면 제가 뭐든지 할게요."

청이는 일단 아버지를 안심시켰어요. 하지만 쌀 삼백 석을 어디서 구해야 할지 막막하기만 했지요.

그즈음 아주 이상한 소문이 돌았어요. 뱃사람들이 열다섯 살 먹은 처녀를 사러 다닌다는 것이었어요. 청이는 아버지 몰래 뱃사람들을 만났어요.

"제가 열다섯 살이에요. 쌀 삼백 석에 저를 사 주세요."

"우리는 파도가 거센 인당수에 처녀를 빠뜨리고 제사를 지내려 한다오. 그래도 괜찮겠소?"

청이는 아버지가 부처님과 한 약속 때문에 공양미 삼백 석이 필요하다는 이야기를 했어요. 뱃사람들은 청이의 효심에 크게 감동하여 쌀 삼백 석은 물론 많은 곡식과 재물을 주었지요.

마침내 청이가 떠나는 날이 되었어요. 그제야 심학규는 딸이 공양미 삼백 석에 팔려 간다는 사실을 알게 되었어요.

심학규는 떠나는 청이를 붙잡고 엉엉 울었어요.

"청아, 안 된다! 딸자식을 팔아 눈을 뜨면 무엇할꼬."

"아버지, 아버지가 눈만 뜨시면 저는 소원이 없어요."

"청아, 내 딸 청아!"

청이와 아버지는 부둥켜안은 채 한참을 울었지요.

마침내 청이가 배에 올랐어요. 얼마 뒤 배가 인당수에 이르자 갑자기 파도가 거세지고 배가 마구 흔들리기 시작했어요.

"용왕님, 준비한 재물을 바치옵니다. 부디 무사히 목적지에 닿을 수 있도록 도와주십시오."

청이는 높은 뱃머리에 올랐어요. 파도에 배가 심하
게 흔들려 금방이라도 떨어질 것만 같았지요.
"용왕님께 비나이다. 우리 아버지 어서 눈뜨
고 건강하게 오래오래 살게 해 주세요."
청이는 빌고 또 빈 다음 바닷속으로
풍덩 뛰어들었어요.

인당수의 용왕님은 청이의 효심에 깊이 감동했어요. 그래서 청이를 커다란 연꽃에 태워 다시 바다 위로 올려보내 주었지요.

마침 지나가던 배가 청이가 들어 있는 연꽃을 발견하고 임금님에게 가져다 드렸어요. 임금님은 연꽃에서 나온 아름다운 청이를 보고 한눈에 반해 왕비로 삼았지요.

그러나 왕비가 된 청이의 얼굴에는 항상 근심이 가득했어요.

"왕비, 무슨 근심이 그리 많소?"

"전하, 저는 궁궐에서 좋은 옷을 입고 맛있는 음식을 먹으며 살고 있습니다. 하지만 앞을 못 보시는 제 아버지는……."

청이는 말을 잇지 못하고 끝내 울음을 터뜨렸어요.

"걱정하지 마시오. 내 꼭 왕비의 아버지를 찾아 주리다."

임금님은 아름다운 왕비를 위해 전국의 맹인들을 모두 초대하는 큰 잔치를 열었어요. 청이는 날마다 맹인 잔치에 나가서 살펴봤지만, 아버지의 모습은 보이지 않았어요.

한편 청이가 떠난 뒤 심학규는 뺑덕어멈이라는 새 부인을 맞이했어요. 뺑덕어멈은 겉으로는 심학규를 위하는 척했지만, 사실은 뱃사람들이 주고 간 재산이 탐나서 들어온 여자였어요.

어느 날 뺑덕어멈은 심학규의 재산을 모두 훔쳐서 도망치고 말았어요. 심학규는 임금님이 여는 맹인 잔치에 갈 여비조차 없을 만큼 가난뱅이가 되고 말았지요.

거지꼴이 다 된 심학규는 남의 집 처마 밑에서 잠을 자고, 여기저기 구걸을 하면서 겨우겨우 잔치에 도착했어요. 하지만 잔치는 끝나가고 있었지요.

"지금은 못 들어갑니다. 잔치가 다 끝났어요."

"이보게, 멀리서 고생스럽게 온 사람이네. 잠깐만이라도 들어가
게 해 주게."

"안 됩니다. 그만 돌아가시오."

심학규는 궁궐을 지키는 군사에게 사정해 봤지만 들어갈 수 없
었어요. 할 수 없이 돌아가려고 몸을 돌렸지요.

"아버지!"

갑자기 심청이 뛰어나왔어요.

"아버지, 청이에요. 청이가 살아왔어요!"

"뭐라고? 내 딸 청이라고? 우리 청이 얼굴 좀 보자."

심학규는 눈을 번쩍 떴어요. 그러자 왕비가 된 청이의 모습이 똑똑히 보이는 것이 아니겠어요? 심청의 효심이 아버지의 눈을 뜨게 한 것이지요.

그 뒤로 청이는 아버지를 모시고 궁궐에서 오래오래 행복하게 살았답니다.

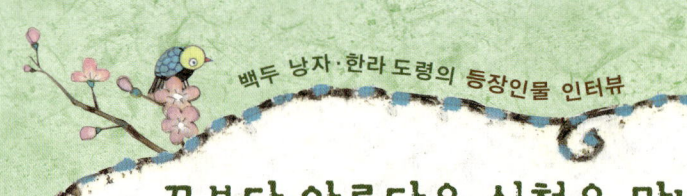

꽃보다 아름다운 심청을 만나요

 심청님, 아버지가 눈을 떴을 때 정말 기
뻤지요? 저도 감동적이었어요. 이게 다
심청님의 효심 덕분이에요.

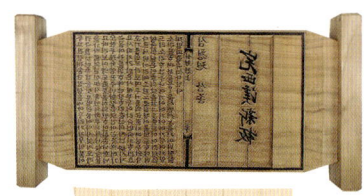

복원된 《심청전》 목판

저는 당연한 일을 했을 뿐이에요. 자식이라면 누구나 효도를 해야 하니까
요. 우리나라에는 옛날부터 효자 이야기가 많이 전해오고 있어요. 《삼국
유사》에도 앞이 보이지 않는 어머니를 위해 부잣집 종이 되려고 했던 '효
녀 지은'의 이야기가 전해오고 있어요. 백령도에도 효녀 이야기가 전해져오고요. 이
런 효자, 효녀 이야기들이 《심청전》의 배경 설화가 되었답니다.

 심청님이 살았던 도화동이 지금의 황해도 황주 지방이라고 들었어요. 그
런데 현재는 북한 땅이라 가 볼 수 없다니, 정말 안타까워요.

심청이 빠진 인당수가
있다는 백령도예요.

백령도에 가면 돼요. 백령도는 저와 인연이 깊은 곳이지요. 옛날에는 황해도에서 배를 타고 서해를 건너 중국으로 갔어요. 제가 탄 배도 서해를 건너 중국으로 가던 길에 백령도 근처 인당수를 지났지요. 인당수는 파도가 거세 재물을 바쳐야 무사히 지나갈 수 있다는 전설이 있답니다.

 아! 백령도에는 '연봉바위'와 '연화 마을'이 있다던데, 그곳이 바로 심청님이 연꽃을 타고 살아났다고 전해지는 곳이로군요.

맞아요. 최근에는 인당수와 연봉바위가 보이는 연화 마을 뒷산에 심청각과 심청상을 세웠답니다. 시대가 아무리 흘러도 효도하는 마음은 잘 지켜나가야 하니까요.

심청의 효심을 기리기 위해 백령도에 심청각과 심청상이 세워졌어요

심청각

심청상

홍길동전

 한글로 쓰인 첫 번째 소설

조선 시대 세종 임금 때 홍 판서라는 훌륭한 재상이 있었어요. 홍 판서에게는 인형과 길동이라는 두 아들이 있었지요. 특히 둘째 아들 길동은 영리하고 재주가 많았어요. 홍 판서는 그런 길동을 무척 사랑했지만 길동을 볼 때마다 마음이 아팠어요. 길동은 본부인에게서 낳은 자식이 아니었기 때문이지요.

"길동이 서자가 아니었다면 얼마나 좋을까. 분명히 나라의 큰 인물이 되었을 텐데……."

서자란 둘째 부인에게서 낳은 자식을 말해요. 서자는 아무리 학문이 뛰어나고 성품이 훌륭해도 벼슬을 할 수 없었어요.

자라면서 서자의 서러움을 알게 된 길동은 억울한 마음을 감출 수 없었어요.

"아버지를 아버지라 부를 수 없고, 형을 형이라 부를 수 없으니……. 이렇게 사는 게 무슨 의미가 있을까."

서자인 길동은 하인들과 마찬가지로 아버지를 '나으리'라고 불러야 했어요. 이런 차별에 고민하던 길동은 결국 집을 떠났지요.

몇 날 며칠을 떠돌아다니던 길동은 어느 깊은 숲에 이르렀어요. 길동은 잠시 쉬어 가려고 앉을 자리를 찾다가 커다란 동굴을 가로막고 있는 바위를 발견했어요.

"무슨 동굴이지?"

길동은 바위를 천천히 밀어 보았어요. 바위는 보통 사람의 힘으로는 꿈쩍도 하지 않을 만큼 무거웠어요. 하지만 힘이 세고 무술이 뛰어난 길동에게 그 정도는 아무것도 아니었지요.

길동은 동굴 안으로 들어갔어요. 그러자 넓은 들판과 작은 마을이 보였어요. 마침 무슨 잔칫날인지 많은 사람이 모여 왁자지껄 떠들썩했어요.

"여봐라!"

길동은 큰 소리로 사람들을 불렀어요. 히히거리며 놀고 있던 사람들은 깜짝 놀라 길동을 쳐다보았지요.

"누구쇼? 어떻게 여길 들어왔소?"

"나는 홍 판서 댁 둘째 아들 홍길동이라 하오. 이 마을은 도대체 어떤 곳이오?"

길동의 우렁찬 목소리에 사람들은 수군거리기만 할 뿐 별다른 대꾸를 하지 못했어요. 마침내 무리 가운데 덩치가 제일 크고 우락부락하게 생긴 사람이 앞으로 나섰어요.

"우리는 도적들이오. 지금 저 바위를 들어 올리는 사람을 두목으로 삼으려 하는데, 한번 들어 보시겠소?"

그 사람이 가리키는 곳에는 엄청나게 큰 바위가 있었어요. 길동은 성큼성큼 다가가 바위를 번쩍 들어 올려 멀리 던져 버렸지요.

"아니! 셋이서도 들어 올리기 힘든 바위를 가볍게 던져 버리다니, 보통 사람이 아니군."

도적들은 기가 눌려서 두려운 눈으로 길동을 바라보았어요. 그
리고 입을 모아 소리쳤지요.

"우리 두목이 되어 주세요! 당신은 하늘이 내린 장군입니다."

길동은 도적들을 내려다보았어요. 그리고 그들을 훈련시키기로
결심했지요.

다음 날부터 길동은 도적들에게 무술을 가르쳤어요. 활을 쏘고,
창을 던지는 등 날마다 고된 훈련을 계속했어요.

66

도적들은 길동을 믿고 잘 따랐어요. 마침내 도적들은 어느 군대와 비교해도 뒤지지 않을 만큼 훌륭한 군사들이 되었지요.

길동은 군사들을 모아 놓고 앞으로 할 일을 일렀어요.

"이제부터 우리는 도적이 아니다. 가난한 사람을 도와주는 활빈당이다. 약한 백성들의 피를 빨아먹는 나쁜 관리를 혼내 주고, 그 재물을 빼앗아 가난한 사람들을 도울 것이다. 자, 이제 모두 나를 믿고 따르라!"

"우아!"

활빈당의 함성이 하늘을 찌를 듯했어요.

길동과 활빈당 당원들은 먼저 가까운 관가로 쳐들어갔어요. 새로 온 사또가 백성들의 땅과 곡식을 다 빼앗아 간다며 원성이 자자했기 때문이지요.

사또는 술과 음식을 가득 차려 놓고 잔치를 열고 있었어요.

"사또 네 이놈! 백성들은 굶주려 죽어 가는데, 너는 네 배만 채우고 있느냐?"

사또는 무서워 잔칫상 밑으로 머리를 숨기고 벌벌 떨었지요. 훈련도 안 한 채 게으름만 피우던 관가의 군사들도 맥을 못 추고 무너지고 말았어요.

길동은 창고에 있는 곡식들을 마을 사람들에게
나누어 주었어요. 그리고 활빈당 당원들이 먹을
양만 가져왔어요.
　길동은 전국 방방곡곡을 다니며 나쁜 관리의 집과 백성들
의 재산을 빼앗은 관가를 공격했어요. 홍길동이 가는 곳마다 가난
한 백성들은 '활빈당 만세!' 라고 외치며 좋아했어요. 하지만 나라
에서는 홍길동을 잡으려고 야단이 났지요.

"홍길동이 도대체 누구란 말이냐? 전국의 관가에서 홍길동을 잡아 달라고 난리들이니……."

　임금님과 신하들은 크게 걱정을 했어요. 그때 한 신하가 조심스레 아뢰었어요.

　"전하, 홍길동은 병조 좌랑으로 있는 홍인형의 동생이옵니다. 그러니 홍인형에게 홍길동을 잡으라 하는 것이 어떠하옵니까?"

　"그래? 그렇다면 당장 병조 좌랑을 부르시오."

　길동을 잡으라는 임금님의 명령을 받은 형 인형은 먼저 커다란 방을 써서 전국에 붙였어요.

길동아, 너 때문에 아버지께서 앓아누우셨다. 나라를
생각하고 부모를 생각한다면 당장 나를 찾아오거라.
네가 오지 않으면 우리 집안은 망한다. -형 홍인형

    방을 붙이고 나서 얼마 뒤 경상도에서 홍길동이 잡혔어요. 그런데 이게 웬일입니까? 전라도에서도 홍길동이 잡히고, 강원도에서도 홍길동이 잡히고, 충청도에서도 홍길동이 잡히고……. 전국에서 모두 여덟 명이나 되는 홍길동이 잡혀 온 것이었어요.

    여덟 명의 홍길동들은 얼굴도 똑같고 목소리도 똑같았어요. 형인형이 두 눈을 크게 뜨고 살펴봤지만 누가 진짜 홍길동인지 가릴 수가 없었지요.

    "어허, 이럴 수가……."

    임금님과 신하들은 그저 고개를 가로저을 뿐이었어요.

    그때 한 명의 길동이 앞으로 나서며 말했어요.

    "전하, 소인은 가난한 백성들을 돕고, 나쁜 관리들을 벌주었을 뿐이옵니다."

그러자 나머지 홍길동들이 뒤로 벌렁 자빠져 허수아비가 되어 버렸어요. 길동의 도술에 모두 혀를 내두르고 말았지요.

결국 나라에서는 홍길동 잡는 일을 포기했어요. 임금님은 어진 정치를 펼쳐 나갔고요. 백성들은 나쁜 관리에게 재산을 빼앗기지도 않았고, 굶주림에 시달리는 일도 없었어요.

전하, 이제 이 나라는 모든 백성이 살기 좋은 평화로운 나라가 되었습니다. 제 뜻을 이루었으니 저는 이만 이 나라를 떠나려 합니다. 부디 앞으로도 좋은 정치를 펼치시기 바랍니다. −홍길동

길동은 드디어 자신의 꿈이 이루어진 것 같았어요. 그래서 임금님에게 편지를 썼지요.

홍길동은 자신을 따르는 사람들을 데리고 멀리 바다 건너 섬나라로 갔어요. 그리고 그곳에 율도국이라는 나라를 세우고 임금님이 되어 훌륭한 정치를 펼쳤답니다.

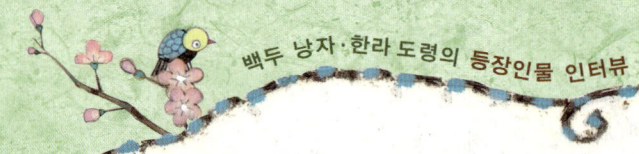

둔갑술의 귀재 홍길동을 만나요

 홍길동님, 나쁜 관리들을 벌주고, 가난한 사람들을 도와주시다니 정말 의로운 분이세요. 이런 홍길동님을 주인공으로 소설을 쓴 작가는 가난한 평민이거나 홍길동님처럼 양반의 서자이겠지요?

그렇지 않답니다. 《홍길동전》의 작가는 허균이에요. 허균은 지체 높은 양반이고, 젊은 나이에 높은 벼슬까지 올랐어요. 하지만 양반 사회에 불만이 많았대요. 능력보다 신분을 중요하게 여기는 것은 잘못이라고 생각했으니까요. 그래서 허균은 서자 출신의 선비들이나 평민들과도 잘 어울렸대요.

강릉시 허균·허난설헌 생가

 《홍길동전》은 최초의 한글 소설이잖아요. 허균은 양반이니까 한문이 더 익숙했을 텐데 왜 한글을 썼을까요?

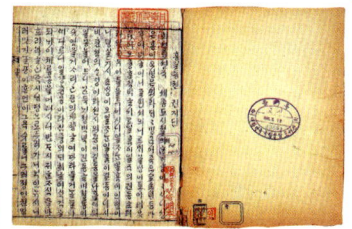

《홍길동전》

허균은 일부러 양반들이 천하게 여기는 한글로 소설을 써서 어려운 한문을 쓰며 잘난 척하는 양반들에게 충격을 준 거예요. 그뿐만이 아니에요. 《홍길동전》 안에는 썩은 정치를 바꾸고, 모든 사람이 살기 좋은 세상으로 만들겠다는 허균의 생각이 들어 있답니다.

 아! 소설의 형식에서 내용까지 그런 깊은 뜻이 숨어 있었군요. 이제야 허균이 어떤 사람인지 잘 이해하겠어요. 그런데 허균의 누나 허난설헌도 글을 아주 잘 썼다지요?

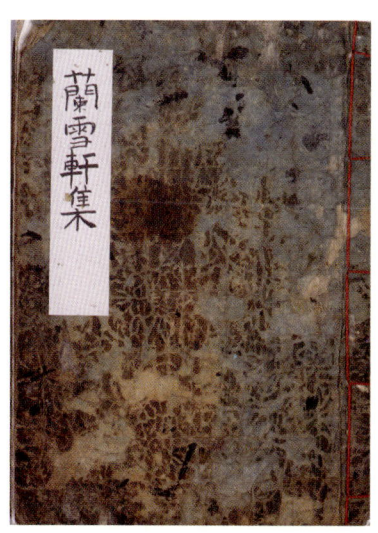

《난설헌집》

허균의 아버지 허엽은 딸인 허난설헌에게도 아들과 똑같이 교육을 했어요. 허난설헌은 여덟 살에 〈광한전 백옥로 상량문〉이란 글을 지을 정도로 재주가 뛰어났지요. 하지만 안타깝게도 젊은 나이에 죽고 말았어요. 그 뒤 허균은 누나의 시를 모아 《난설헌집》이라는 시집을 냈답니다.

옹고집전

◎ 욕심쟁이 양반을 꼬집은 풍자 소설 ◎

옛날 옹진 고을 옹당촌에 성은 옹이요, 이름은 고집이라는 사람이 살았어요.

옹고집은 마을에서 제일가는 부자였어요. 하지만 심술이 아주 고약했지요. 그래서 남 잘되는 꼴은 죽어도 못 보고, 아무리 좋은 말이라도 남의 말은 듣는 법이 없었어요.

또 불효막심해서 늙으신 어머니에게도 함부로 대했어요. 옹고집은 어머니가 앓아누워도 방에 군불을 때 주지 않았어요. 또 밥은 하루에 두 끼밖에 주지 않았고요.

"어머니가 많이 편찮으신 것 같으니 약을 좀 지어 드립시다."

아내가 걱정스럽게 말했어요. 하지만 옹고집은 도리어 버럭 소리를 질렀지요.

"약 지을 돈이 어디 있소! 늙으면 다 힘이 빠지는 게지."

"그럼 기운 차리시게 닭이라도 한 마리 고아 드립시다."

아내가 사정했지만, 옹고집은 들은 체도 하지 않았어요.

"이놈아, 내가 너를 어떻게 키웠는데……. 금이야 옥이야 하며 키웠건만 어찌 너는 효도의 효 자도 모르느냐?"

어머니는 서러워 엉엉 울었어요. 하지만 옹고집은 눈 하나 깜짝하지 않았지요.

"아니, 세상 어머니가 자식을 다 그렇게 키우는 게지. 어머니만 자식 낳아 길렀소?"

옹고집의 심술은 여기서 그치지 않았어요. 시주하러 다니는 스님들만 보면 괴롭히지 못해 안달했어요. 스님을 묶어 놓고 때리기 일쑤였고, 어떤 때는 귓불에 구멍까지 뚫어 놓았지요.

이처럼 옹고집이 스님들을 몹시 괴롭힌다는 소문을 익히 들었던 월출산 취암사의 주지 스님은 옹고집의 못된 성미를 고쳐 주어야겠다고 생각했어요.

"저 고집쟁이 옹가 놈을 새사람으로 만들어 볼까?"

취암사 주지 스님은 볏짚으로 허수아비를 하나 만들었어요. 그리고 중얼중얼 주문을 외자 허수아비가 살아 있는 것처럼 벌떡 일어났어요. 그것도 옹고집과 똑같은 모습으로 변해서 말이지요. 잔뜩 찌푸린 이맛살이며 땅딸막한 몸집, 못마땅한 눈초리가 옹고집 모습 그대로였어요.

가짜 옹고집은 진짜 옹고집이 외출한 틈을 타 얼른 집 안으로 들어갔어요.

"돌쇠야! 강쇠야! 왜 이렇게 마당이 더러운 게냐? 도대체 일은 안 하고 밥만 먹는 이놈들을 오늘 다 굶겨야겠구나."

가짜 옹고집은 집에 들어서자마자 하인들을 들들 볶았어요. 그 모습이 진짜 옹고집하고 똑같았어요.

그때 진짜 옹고집이 대문을 열고 들어왔어요.

"이놈, 돌쇠야! 강쇠야! 마당 안
쓸고 뭐 했느냐? 도통 일은 안 하고
밥만 축내려 드니……."
고래고래 소리를 지르며 사랑방에
들어서던 진짜 옹고집은 가짜
옹고집을 보고 깜짝 놀라
말을 잇지 못했어요.
"어떤 놈이 남의 집
에 들어와 행패냐?"
가짜 옹고집이 먼저
소리쳤어요. 기가 막힌 진짜
옹고집도 이에 질세라 고함
을 질렀어요.
"네놈이야말로 누구냐!"
갑작스러운 소란에 하인들
이 몰려왔어요. 그리고 똑같이
생긴 두 명의 옹고집을 보
고 기겁을 했지요.

놀란 하녀가 옹고집의
아내에게 뛰어갔어요.
"마님! 마님, 큰일 났어
요. 나으리가 두 분이에요.
이 일을 어떡하면 좋아요?"
"에구머니!"
하녀의 말을 듣고 뛰어온
옹고집의 아내는 놀라서
뒤로 넘어질 뻔했어
요. 정말로 똑같은
두 명의 옹고집이 눈을 부라
리고 있었거든요.
아내와 가족들은 똑같은
두 명의 옹고집 가운데 누가
진짜인지 구별할 수가 없었어
요. 결국 두 명의 옹고집은 진
짜를 가리기 위해 관가로
갔지요.

"어허, 정말 똑같구나. 이 옹가도 진짜 옹가 같고, 저 옹가도 진짜 옹가 같구나."

원님도 난처한 얼굴로 두 사람을 번갈아 바라볼 뿐이었어요. 등에 난 흉터까지 두 사람 모두 똑같으니, 도무지 진짜를 가릴 수 없었지요.

"제가 진짜 옹고집입니다."

"아닙니다. 제가 진짜고, 저놈이 가짜입니다."

"두 옹가가 서로 진짜 옹가라고 옹옹거리니, 원 참."

원님은 두 사람에게 집안 사정을 자세히 이야기하도록 했어요. 먼저 진짜 옹고집이 더듬거리며 이야기했어요.

"저희 아버님은 옹송이시고, 할아버님은 망송이시고, 어…… 할머니는……."

"어허, 옹송망송 하지 말고 제대로 말해 보아라."

원님은 고개를 설레설레 내저었어요.

이번에는 가짜 옹고집이 말했어요.

"제가 작년에 좌수 벼슬을 얻은 진짜 옹고집입니다. 저희 집 살림살이로 말씀드리면 말이 여섯 필, 돼지가 스무 마리, 닭이 예순 마리, 논밭 곡식을 모두 합하면 이천 석이오……."

"그만하면 됐다. 집안 사정을 자세히 아는 것을 보니 네가 진짜 옹고집이로구나."

원님은 가짜 옹고집이 진짜라고 판결을 내렸어요. 결국 진짜 옹고집은 곤장을 맞고 내쫓겼지요.

진짜 옹고집은 거지꼴로 쫓겨나 이 마을 저 마을 돌아다니며 구걸을 하는 신세가 되었어요. 진짜 옹고집은 자신의 신세가 처량해 눈물만 흘렸어요.

그러던 어느 봄날이었어요. 진짜 옹고집이 집에서 쫓겨난 지도 벌써 일 년이 다 되어 갔지요. 옹고집은 새록새록 자신의 잘못이 생각나 눈물만 하염없이 흘렸어요.

"어머니께 너무 잘못했어. 늙고 병드신 어머니께 약커녕 진지도 제대로 안 드렸으니 말이야. 아내와 아이들한테는 어땠고? 날마다 구박하고 소리만 질러 댔잖아. 하인들한테는 잠도 못 자게 들들 볶아 대기만 했고……. 모두 잘못한 것뿐이군. 스님들에게까지 못된 짓을 했으니 벌을 받아 마땅하지. 다시 돌아가면 새사람이 될 텐데……."

옹고집은 자신의 잘못을 반성하다가 엉엉 울어 버렸어요.

그때 하늘에서 쩌렁쩌렁한 목소리가 들려 왔어요.

"하늘이 내리신 벌이니 누구를 원망하고 누구를 탓하겠느냐!"

그 소리에 깜짝 놀란 옹고집은 고개를 번쩍 들었어요. 멀리 벼랑 끝에 수염이 허옇게 센 노인 한 분이 앉아 있었어요. 취암사 주지 스님이었지요. 옹고집은 스님을 향해 무릎을 꿇었어요.

"스님, 제가 잘못했습니다. 제발 돌아가게 해 주세요. 다시는 못된 짓을 하지 않겠습니다."

옹고집은 손이 발이 되도록 빌었지요. 옹고집이 진심으로 뉘우치자 스님은 부적을 하나 주었어요. 부적을 받아 든 옹고집은 쏜살같이 집으로 달려갔어요.

"아니, 이놈이 어디라고 또 왔느냐?"

마침 마당에 나와 있던 가짜 옹고집은 진짜 옹고집을 보자마자 호통을 쳤어요. 진짜 옹고집은 얼른 품속의 부적을 꺼내 보였지요. 부적을 본 순간 가짜 옹고집은 허수아비로 변해 버렸어요.

그 뒤 옹고집은 자신의 잘못을 뉘우치고 효심이 깊고 너그러운 사람이 되었답니다.

진짜 옹고집을 만나요

 옹고집님, 옹고집님이 심술을 부릴 때는 미웠는데 집에서 쫓겨나 고생을 하니 조금 불쌍했어요. 그래도 착한 사람이 되어 돌아와서 다행이에요.

우리나라 고전 소설 중에는 착한 일을 권하고 나쁜 일은 벌주는 '권선징 악'을 교훈으로 한 것이 많아요. 나의 이야기 역시 그렇고요.

 그렇군요. 그런데 고전 소설에는 왜 착한 양반이 등장하지 않는 걸까요? 《옹고집전》 말고도 《이춘풍전》, 《오유란전》, 《옥단춘전》 등에도 양반은 하나같이 방탕하고 무능하고 욕심이 많은 걸로 나와요.

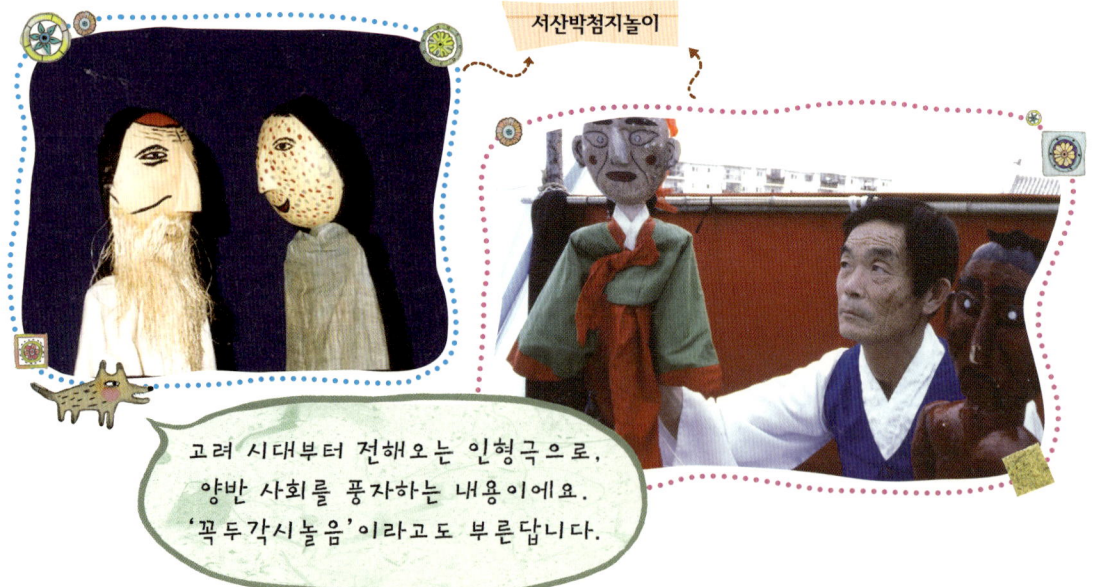

서산박첨지놀이

고려 시대부터 전해오는 인형극으로,
양반 사회를 풍자하는 내용이에요.
'꼭두각시놀음'이라고도 부른답니다.

고전 소설이 많이 지어진 조선 후기에는 쓸데없이 겉치레와 체면만 중시  하는 양반, 탐관오리가 되어 백성을 괴롭히는 양반이 무척 많았어요. 그 러니 백성들 눈에 양반들이 얼마나 미워 보였겠어요! 백성들이 널리 읽는 소설에 양반들을 좋지 않게 그리는 것은 어쩌면 당연하지요.

 그런데 이상한 점이 있어요. 양반들을 비판하는 소설인데, 전 옹고집님이 미우면서도 읽다 보면 자꾸 웃음이 나거든요. 재미있는 고전 소설이 많 지만, 《옹고집전》은 특히 익살스러움이 넘치는 것 같아요.

그건 《옹고집전》이 풍자 소설이라서 그래요. 풍자 소설은 사회의 나쁜 모 습을 들추어내 잘못을 지적하고 나무라지만, 웃음을 자아내도록 재미있 게 그리는 것이 특징이지요. 백성들은 그런 풍자 소설을 읽으며 통쾌함을 느끼고 지친 삶을 잠시나마 위로받을 수 있었답니다.

백성들이 주로 즐기던
탈춤에서도 양반을 풍자하는
이야기를 만날 수 있어요.

하회별신굿 양반선비마당

임진록

 나라를 지킨 장군들의 영웅담

임진왜란이 끝난 뒤였어요. 하루는 서산대사가 선조 임금을 찾아왔어요.

"전하, 아뢰옵기 황공하오나 일본의 움직임이 심상치 않습니다. 임진왜란의 패배를 벌써 잊고 우리나라를 다시 쳐들어오려 하고 있습니다."

선조 임금은 놀라서 얼굴이 새파래지며 긴 한숨을 내쉬었어요.

"휴, 또 전쟁이라니……. 무슨 좋은 방법이 없겠소?"

"소승에게 사명당이라는 제자가 있습니다. 도술이 뛰어나고 지략이 대단하지요. 사명당을 일본에 보내시어 항복 문서를 받아 오게 하는 것이 어떨는지요?"

사명당은 살아 있는 부처라 불릴 만큼 불법과 도술이 뛰어나, 임진왜란 때 혼자서 많은 일본군을 물리쳤어요.

"사명당이라면 믿을 수 있지. 어서 일본으로 떠나라 하오."

선조 임금은 사명당에게 일본으로 떠나라 이른 뒤, 곧바로 일본 임금에게 편지를 보냈어요.

"일본이 우리 조선을 침략하려 한다는 사실을 알고 있다. 사명당을 사신으로 보낼 터이니 그에게 항복 문서를 전하고, 조선을 형의 나라로 섬기도록 하라."

일본 임금은 편지를 읽자마자 바로 구겨 버렸어
요. 그리고 얼굴이 붉으락푸르락해지더니 벌떡 일어섰지요.

"에잇. 사명당이 대체 어떤 놈이냐?"

"사명당은 조선에서 살아 있는 부처라 불리는 스님입니다."

"임진왜란 때도 저희 일본군이 사명당의 도술에 혼쭐이 났습니다. 아무래도 조심하는 것이……."

신하들이 임금의 눈치를 보며 조심스럽게 말했어요.

"살아 있는 부처가 어디 있단 말이냐! 흥! 어서 가서 그놈한테 본때를 보여 주거라."

사명당의 뛰어난 실력을 알고 있던 일본 신하들은 은근히 겁이 났어요. 하지만 임금의 명령대로 사명당에게 본때를 보일 궁리를 했지요.

먼저 사명당이 오는 길목에 1만 1천 구절의 글귀가 빽빽이 적힌 병풍을 둘렀어요. 그리고 일본에서 가장 빠른 말을 골라 사명당을 태운 뒤 일본 임금 앞으로 달려가도록 했어요.

말에서 내린 사명당은 보통 스님들처럼 승복을 입고, 목에 긴 염
주를 걸고, 조그만 목탁을 들고 있었어요. 입가에는 부처님처럼
희미한 미소가 맴돌고 있었지요. 보통 스님들과 다른 점이라
면 훤칠한 키에 떡 벌어진 어깨가 마치 장군처럼 늠름해 보
인다는 것이었어요.

"어서 오시오. 오시느라 수고가 많았소."

일본 임금은 반가운 척 거짓 웃음을 지으며 사명당
을 맞이했어요.

"내 듣자하니 사명당 그대가 살아 있는 부처라지요? 그러면 오는 길에 병풍에 적힌 글귀 정도는 다 외웠을 것이오. 여기서 한 번 읊어 보겠소?"

사명당은 부처님처럼 희미한 미소를 지으며 대답했어요.

"그 정도는 누구나 다 할 수 있는 일 아닙니까?"

사명당은 마치 염불이라도 하듯이 병풍의 글귀를 거침없이 줄줄 외워 나갔어요.

일본 임금과 신하들은 놀라 입이 떡 벌어지고 말았어요. 그런데 사명당이 마지막 한 구절을 남겨 두고 멈추는 것이었어요. 일본 임금은 큰 소리로 웃으며 말했어요.

"하하하! 천하의 사명당도 한 구절은 잊어버린 모양이오!"

그러나 사명당은 조금도 당황하지 않고 침착하게 말했어요.

"마지막 구절은 병풍이 접혀 보이지 않았소이다."

"뭐라?"

일본 임금이 신하를 불러 확인해 본 결과 정말로 마지막 구절이 접혀 있었어요.

'과연 쉬운 상대가 아니구나. 사명당이 살아 있으면 일본에 큰 해를 끼칠 것이 분명하다.'

또 다른 음모를 꾸민 일본 임금은 사명당을 어느 집에 묵게 했어요. 그 집은 방바닥이며 벽이 모두 무쇠로 만들어져 있었어요.

사명당이 방으로 들어가자 일본 군사들은 재빨리 밖에서 문을 잠갔어요. 그러고는 곧 불을 지피기 시작했지요. 무쇠로 만든 방바닥과 벽은 금세 빨갛게 달아올랐어요.

"아무리 살아 있는 부처라 해도 펄펄 끓는 무쇠 방에서는 살아남을 수 없지. 암 그렇고말고."

일본 임금은 껄껄 웃었어요.

다음 날 아침이 되었어요. 밤새 불을 지피느라 한숨도 못 잔 일본 군사가 졸린 눈을 비비며 조심스레 방문을 열었어요.

그런데 이게 어쩐 일일까요? 방문을 열어 본 일본 군사가 '악!' 하고 소리를 질렀어요. 신기하게도 사명당이 앉아 있는 방 안에는 고드름이 주렁주렁 매달려 있었거든요. 사명당의 코는 추위에 빨갛게 얼어 있었고요.

"섬나라가 따뜻하다더니 너무 추워서 감기에 걸릴 뻔했소이다. 불 좀 지펴 주지 그랬소?"

사명당이 능청스럽게 한마디 던졌어요. 자세히 보니 벽에는 '서리', 바닥에는 '얼음'이라는 뜻의 한자가 붙어 있었어요. 사명당이 도술을 부려서 방 안을 춥게 만든 것이었지요.

"안 되겠다. 최후의 방법을 써야겠어."

일본 임금은 무쇠로 만든 말을 시뻘겋게 달구게 했어요. 사명당을 태워 죽이려는 것이었지요.

"어서 이 말에 오르거라!"

일본 임금의 명령이 떨어지자 사명당은 임금과 신하들을 노려보았어요. 그 눈빛이 어찌나 매서운지 모두 움찔했지요.

그때 갑자기 엄청난 바람이 불어오더니 사명당이 하늘로 솟구쳤어요. 곧이어 궁궐을 뒤흔드는 우렁찬 목소리가 울려 퍼졌지요.

  "네 이놈! 평화로운 조선을 침략한 죄도 용서할 수 없는데, 이제는 조선에서 온 사신까지 욕보이려 하느냐? 네 죄를 용서할 수 없어 조선의 임금을 대신해 벌을 주노라."

  그러자 하늘에서 어른 주먹만 한 우박이 우르르 떨어지고, 번쩍번쩍 번개가 치기 시작했어요. 벼락을 맞은 나무에서는 벌건 불길이 치솟아 올랐고요.

  하지만 사명당은 이에 그치지 않았어요. 집채만 한 용을 불러낸 것이었어요. 하늘을 가르며 나타난 용은 일본 임금을 향해 불을 뿜고, 커다란 꼬리로 궁궐의 담을 다 무너뜨려 버렸어요. 일본 임금은 구석에 숨어 벌벌 떨면서 빌었지요.

  "아이고, 제가 잘못했습니다. 다시는 조선을 넘보지 않고 형님의 나라로 섬기겠습니다."

  그 뒤 일본 임금은 사명당이 무서워 다시는 조선을 침략하지 않고 극진히 섬겼다고 해요.

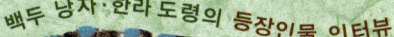

일본을 혼쭐낸 사명당을 만나요

 사명당님! 《임진록》은 조선의 영웅들이 일본군을 용감하게 물리치는 이야기가 생생하게 잘 그려져 있더라고요. 저는 사명당님이 도술을 부려 일본 임금을 꼼짝 못하게 할 때 정말 통쾌했어요.

《임진록》에 나오는 사람 중에 우리 역사 속에 실제로 있었던 인물들이 많아서 더 생생한 느낌이 들었을 거예요. 《임진록》은 임진왜란을 배경으로 한 역사 소설이니까요. 하지만 실제 역사와 똑같지는 않아요. 《임진록》에서는 실제로 진 싸움을 이긴 것으로 그리기도 하고, 신기한 도술을 부려 일본군을 물리쳤다고도 나오거든요.

 그렇군요. 아마 《임진록》을 지은 작가는 임진왜란이 끝난 뒤 힘들고 지친 백성들을 위로하려고 상상을 곁들여 이야기를 썼나 봐요.

경상남도 양산 통도사에 있는 사명당의 영정이에요.

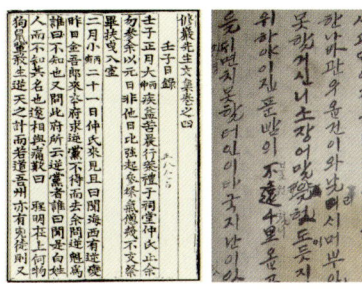

《임진록》 한문본 　　《임진록》 한글본

《임진록》은 누가 썼는지, 언제 썼는지 알 수 없어요. 또 《임진록》이라고 나온 책들도 종류가 여러 가지이고, 내용도 조금씩 다르지요. 그런데 작가가 누구인지는 몰라도 평민들 편에 선 사람 같아요. 《임진록》에는 지체 높은 장군보다 곽재우, 김덕령 등 용감한 의병장 이야기가 더 많으니까요.

그렇다면 《임진록》은 한글로 쓰였겠네요? 평민들이 읽기 쉽게 한글 소설로 지었을 것 같아요.

《임진록》은 한글본과 한문본이 다 있어요. 임진왜란 이후 사람들의 입을 통해 떠돌던 전쟁 이야기를 누군가 글로 적고, 또 그 글을 누군가 다시 옮겨 적으며 한글본과 한문본이 모두 전해지게 된 것이지요.

사명당의 충절을 기리는 비석으로, 나라에 전쟁이나 재난이 닥치면 비석에서 땀이 흐른다고 해요.

밀양의 표충비각

장화홍련전

계모에게 죽임을 당한 착한 자매

평안도 철산 마을에 배 좌수라는 사람이 있었어요. 배 좌수에게는 장화와 홍련이라는 예쁜 두 딸이 있었지요.

그런데 홍련이 세 살 되던 해에 배 좌수의 아내가 몹쓸 병에 걸려 그만 세상을 떠나고 말았어요. 배 좌수는 어린 딸들을 잘 돌봐 줄 허씨라는 새 부인을 맞이했어요.

하지만 허씨 부인은 욕심이 많고 심술궂은 사람이었어요. 장화와 홍련을 눈엣가시처럼 여기고 사사건건 구박을 했지요. 착한 장화와 홍련이 집안일을 거들면 큰 소리로 야단을 쳤고요.

"계모가 너희를 부려 먹는다는 소문이라도 낼 작정이냐?"

"어머니, 아니에요!"

"뭐라고? 어디서 어른한테 말대꾸하느냐? 내가 새어머니라고 무시하는 것이냐?"

새어머니의 눈치를 보느라 장화와 홍련이 집안일을 거들지 않으면, 게으르다며 또 생트집을 잡았어요.

하지만 장화와 홍련은 아버지에게는 새어머니가 잘해 준다고 거짓말을 했어요. 아버지가 걱정하실 것을 염려해서였지요.

허씨 부인은 장화와 홍련이 자랄수록 더욱 미웠어요.

"저것들이 시집갈 때 한밑천씩 가져가 버리면 어떡하지?"

본래 배 좌수는 가난한 선비였어요. 장화와 홍련의 어머니가 시집올 때 많은 재산을 가지고 와서 잘살게 된 것이지요. 허씨 부인은 장화와 홍련이 시집갈 때 재산을 다 가지고 갈까 봐 걱정이 돼서 견딜 수가 없었어요.

"저것들을 어찌한다……."

허씨 부인은 우선 언니 장화를 없애 버릴 계획부터 세웠어요.

어느 날 밤 허씨 부인은 슬픈 얼굴로 배 좌수에게 말했어요.

"영감, 이 무슨 흉측스러운 일이란 말이오. 장화가……, 장화가……, 흑흑. 다 제가 잘못 키운 탓이에요."

"무슨 일이오? 도대체 무슨 일이 생긴 거요?"

허씨 부인은 장화가 죽은 아이를 낳았다고 거짓말을 했어요.

"그럴 리가 없소. 장화가 얼마나 착하고 바른 아이인데."

"이걸 보시지요. 오늘 아침 장화가 낳은 죽은 아이예요. 제가 괜한 소리를 하겠어요?"

허씨 부인은 보자기에 싼 빨간 핏덩이를 내보였어요.

"어허, 이런 일이. 이 일을 어찌할꼬."

배 좌수는 허씨 부인의 거짓말에 꼼짝없이 속고 말았어요. 보자기에 싼 것은 죽은 쥐의 껍질을 벗겨서 피를 발라 놓은 것이었어요.

체면을 목숨보다 중요하게 여기는 배 좌수는 어쩔 줄을 몰랐어요. 그러자 허씨 부인이 말했어요.

"장화를 멀리 외삼촌 댁에 보냅시다. 여기 계속 두었다가 부끄러운 소문이라도 나면 집안 망신이에요."

배 좌수는 어쩔 수 없이 허씨 부인의 말을 따랐어요.

"장화야, 지금 당장 외삼촌 댁에 좀 다녀오너라."

"이 밤중에 외삼촌 댁에 다녀오라니요? 무슨 일인가요?"

한밤중에 외삼촌 댁에 다녀오라는 아버지의 말에 장화가 물었어요. 하지만 배 좌수는 끙 한숨만 내쉴 뿐 아무 대꾸도 않았어요.

"언니, 어쩐지 불안해요. 가지 마요, 응? 언니, 가지 마요."

홍련이 장화를 따라나오며 말렸어요. 하지만 장화는 아버지 말을 따르지 않을 수 없었어요.

허씨 부인의 큰아들 장쇠가 장화를 말에 태우고 밤길을 떠났어요. 장쇠는 계속 깊은 산속으로 말을 몰았어요. 장화는 이상한 느낌이 들었어요.

"장쇠야, 이 길은 외삼촌댁으로 가는 길이 아닌 것 같아."

하지만 장쇠는 음흉한 웃음을 지을 뿐이었어요. 한참 뒤 장쇠가 커다란 연못 앞에서 말을 멈추게 했어요.

"누님은 부끄러운 일을 하고도 살아남길 바랐소? 어서 이 연못에 빠지시오. 아버지의 명령이오."

"그게 무슨 말이냐? 우리는 비록 어머니는 다르지만 남매 간이 아니더냐? 어째서 나를 죽이려 하는 것이냐, 응?"

겁에 질린 장화는 장쇠에게 매달렸어요. 하지만 장쇠는 장화를 밀어서 연못에 빠뜨리고 말았지요.

외삼촌 댁에 다녀온다던 장화에게서 소식이 없자 홍련은 몹시 걱정되었어요.

"언니한테 무슨 일이 생긴 것 같아. 너무 불길한 느낌이야."

홍련은 장화를 찾아 무작정 집을 나섰어요.

"언니, 언니!"

홍련은 무엇에 홀리기라도 한 듯 산으로 들어섰어요. 그리고 커다란 연못 앞에 놓여 있는 꽃신 한 짝을 발견했지요. 꿈에 그리던 언니의 꽃신이었어요.

"언니, 이게 어떻게 된 일이에요? 언니가 죽으면 나 혼자 어떻게 살아요. 나도 언니를 따라가겠어요."

서럽게 울던 홍련은 언니를 따라 연못에 빠져 죽고 말았어요.

그 뒤부터 철산 마을에 이상한 일이 자꾸 생겼어요. 몇 년째 흉년이 들고, 봄이 와도 제비가 찾아오지 않았어요. 또 부임해 오는 원님마다 하룻밤을 넘기지 못하고 죽어 나갔어요. 그러자 원님으로 오려는 사람이 아무도 없었지요.

이 소문을 들은 정 부사가 스스로 청해서 원님으로 내려왔어요.

"무슨 사연이 있는 것이 분명해."

부임한 첫날 밤 정 부사는 촛불을 켜 놓고 무슨 일이 일어날지 기다렸어요. 드디어 자정이 조금 넘었을 때였어요. 방문에 사람의 그림자가 어른거렸지요. 정 부사는 마음을 가다듬고 허리에 찬 칼에 손을 댔어요.

마침내 스르르 문이 열리더니 노란 저고리에 빨간 치마를 곱게 입은 처녀 두 명이 나타났어요.

"너희가 이 고을 원님들을 죽인 자들이냐?"

정 부사가 무섭게 소리쳤어요.

"아니옵니다. 저희는 억울하게 죽은 장화와 홍련입니다. 그동안 억울한 사연을 전하고자 찾아왔으나 저희가 말을 꺼내기도 전에 모두 놀라 죽어 버렸습니다."

"그래? 그 억울한 사연이란 게 대체 무엇이더냐?"

장화와 홍련은 그동안의 일을 모두 털어놓았어요.

날이 밝자 사람들은 새로 온 원님이 죽었을 것으로 생각하고 몰려왔어요. 그런데 갑자기 문이 확 열리고, 정 부사가 밖으로 걸어 나오는 것이었어요.

정 부사는 당장 배 좌수와 허씨 부인을 불러 앉혔어요. 그리고 억울하게 장화를 죽게 한 사실을 밝혀내고 허씨 부인과 장쇠에게 큰 벌을 내렸지요.

장화와 홍련은 그 뒤 배 좌수가 맞은 부인에게서 쌍둥이로 태어나 행복하게 살았답니다.

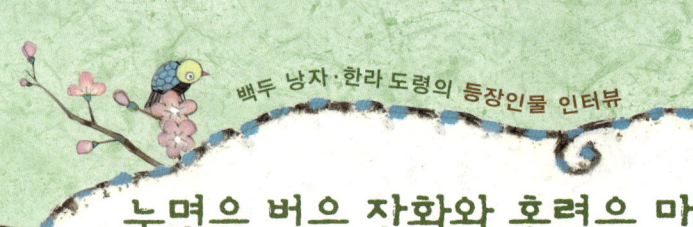

누명을 벗은 장화와 홍련을 만나요

 장화, 홍련님, 억울한 사연이 밝혀지고 계모가 벌을 받아서 다행이에요. 그런데 조선 시대 이야기에는 왜 나쁜 계모 이야기가 많을까요? 《콩쥐팥 쥐전》에도 심술궂은 계모가 나오잖아요.

조선 시대 후기에는 가정 문제가 사회 문제로 퍼질 만큼 심각했어요. 특히 남편이 아내를 여럿 맞이하는 것이 큰 문제였지요. 어머니가 다른 자식들끼리 다투기도 하고, 본부인이 아닌 첩에게서 낳은 아이가 서자가 되어 문제가 생기기도 했답니다.

 그럼 《장화홍련전》은 실제로 일어났던 일을 바탕으로 만들어졌을 수도 있겠네요? 비록 작가가 누구인지 확실히 알 수 없지만요.

영남루에는 아랑의 혼백에게 제사를 지내는 아랑각이 있답니다.

밀양 영남루

맞아요. 《장화홍련전》은 평안도 철산군에서 실제로 일어났던 일을 배경으로 하고 있어요. 여기에 '아랑 전설' 같은 여러 설화와 전설이 덧붙여져 한 편의 소설로 만들어진 것 같아요.

 아랑 전설이라면 경상남도 밀양에서 전해오는 이야기잖아요. 그러고 보니 《장화홍련전》과 줄거리도 비슷하고, 나쁜 사람은 벌을 받고 착한 사람은 복을 받는다는 교훈도 같아요.

그래요. 여러분은 '날 좀 보소, 날 좀 보소, 날 좀 보소. 동지섣달 꽃 본 듯이 날 좀 보소.' 하는 〈밀양아리랑〉을 들어본 적 있나요? 이 노래는 바로 아랑을 위로하기 위해 만들어진 민요라고 해요. 지금도 밀양에서는 억울하게 죽은 아랑의 넋을 위로하기 위해 제사를 지내고 있답니다.

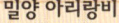
밀양 아리랑비

양반전

양반 사회에 대한 날카로운 비판

강원도 정선의 한 고을에 가난한 양반이 살았어요. 이 양반은 성품이 어질고 학식이 높아 사람들에게 존경을 받았지요.

하지만 양반네 집에서는 날마다 부인의 볼멘 목소리가 밖으로 새어 나왔어요.

"서방님, 쌀독에 쌀이 떨어졌습니다."

"서방님, 과거도 안 보고 밤낮으로 책만 읽으면 우리는 무얼 먹고 산단 말입니까?"

"아이고, 아이고! 제발 말이라도 해 보십시오."

부인의 짜증 섞인 하소연에도 양반은 묵묵히 책만 읽었어요. 자연히 집안 살림은 모두 부인의 몫이었지요. 양반네 집은 부인이 남의 집 일을 도와주고 삯바느질을 해서 겨우 입에 풀칠을 했어요. 일거리가 없는 날이면 꼼짝없이 굶어야 했고요.

굶는 날이 많아지면 염치 불구하고 환곡을 빌려다 먹었어요. 환곡은 나라에서 가난한 백성들에게 빌려 주었다가 가을에 추수가 끝나면 돌려받는 곡식이에요.

하지만 농사를 짓지 않는 양반은 몇 년째 환곡을 빌려다 먹을 뿐 한 톨도 갚지 못했어요. 어느새 양반이 가져다 먹은 환곡은 천 석이 넘고 말았어요.

그때 마침 관찰사가 강원도의 환곡을 조사하러 왔어요. 관찰사
는 원님이 고을 살림을 잘하는지 감독하는 벼슬아치예요.
"아니, 환곡이 천 석이나 부족하구나. 이게 무슨 일이냐? 도둑이
라도 들었단 말이냐?"
환곡 창고를 들여다본 관찰사는 깜짝 놀랐어요.

"저희 고을에 가난한 양반이 있습니다. 그 양반이 가져다 먹고 갚지 못해서……."

관찰사의 호통에 원님은 사실대로 대답했어요.

"뭐라고? 어떤 놈의 양반이 나라 곡식을 먹고 갚지 않는단 말이냐? 당장 그놈을 옥에 가두어라!"

관찰사의 매서운 호통에 원님은 어쩔 줄 몰라 했어요. 양반을 옥에 가두어 봤자 환곡을 갚을 능력이 없다는 것을 누구보다 잘 알기 때문이었지요.

이 소식을 들은 양반은 걱정이 되어 안절부절못했어요.

"어떡하지? 이대로 옥에 갇히면 양반 체면에 무슨 망신이야?"

양반은 좁은 방 안을 왔다 갔다 하며 고민을 했지만 뾰족한 수가 없었어요. 마침내 양반은 엉엉 울음을 터뜨리고 말았어요.

한편 이웃 마을에 신분이 낮은 상민이지만 아주 부자인 사람이 살고 있었어요.

"양반은 아무리 가난해도 존경을 받고 거들먹거리는데, 나는 이게 뭐람? 아무리 돈이 많아도 양반 앞에서 굽실거려야 하고 이마가 땅에 닿도록 절을 해야 하니……."

상민은 화가 나서 씩씩거리다가 갑자기 무릎을 탁 쳤어요.

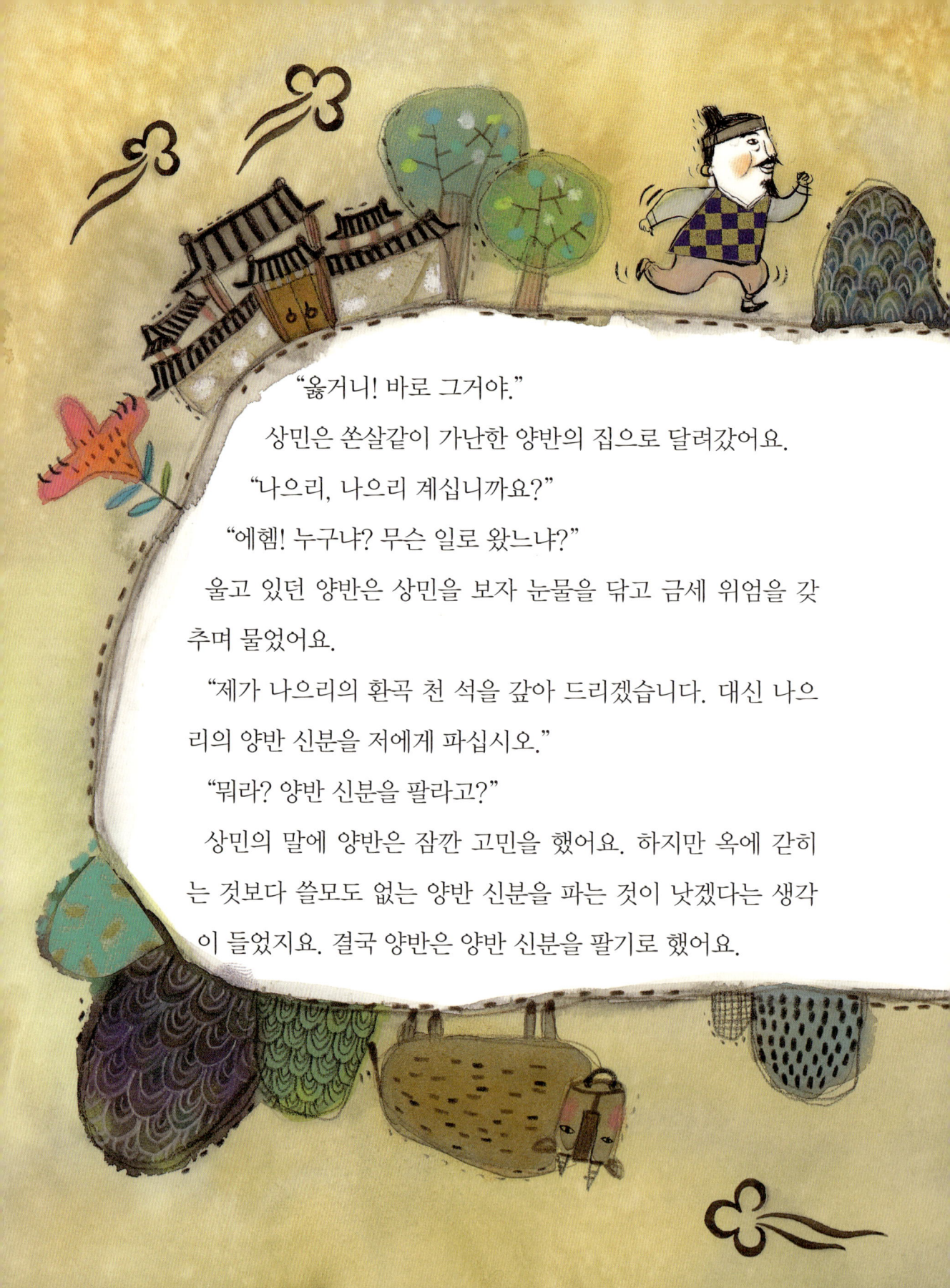

"옳거니! 바로 그거야."

상민은 쏜살같이 가난한 양반의 집으로 달려갔어요.

"나으리, 나으리 계십니까요?"

"에헴! 누구냐? 무슨 일로 왔느냐?"

울고 있던 양반은 상민을 보자 눈물을 닦고 금세 위엄을 갖추며 물었어요.

"제가 나으리의 환곡 천 석을 갚아 드리겠습니다. 대신 나으리의 양반 신분을 저에게 파십시오."

"뭐라? 양반 신분을 팔라고?"

상민의 말에 양반은 잠깐 고민을 했어요. 하지만 옥에 갇히는 것보다 쓸모도 없는 양반 신분을 파는 것이 낫겠다는 생각이 들었지요. 결국 양반은 양반 신분을 팔기로 했어요.

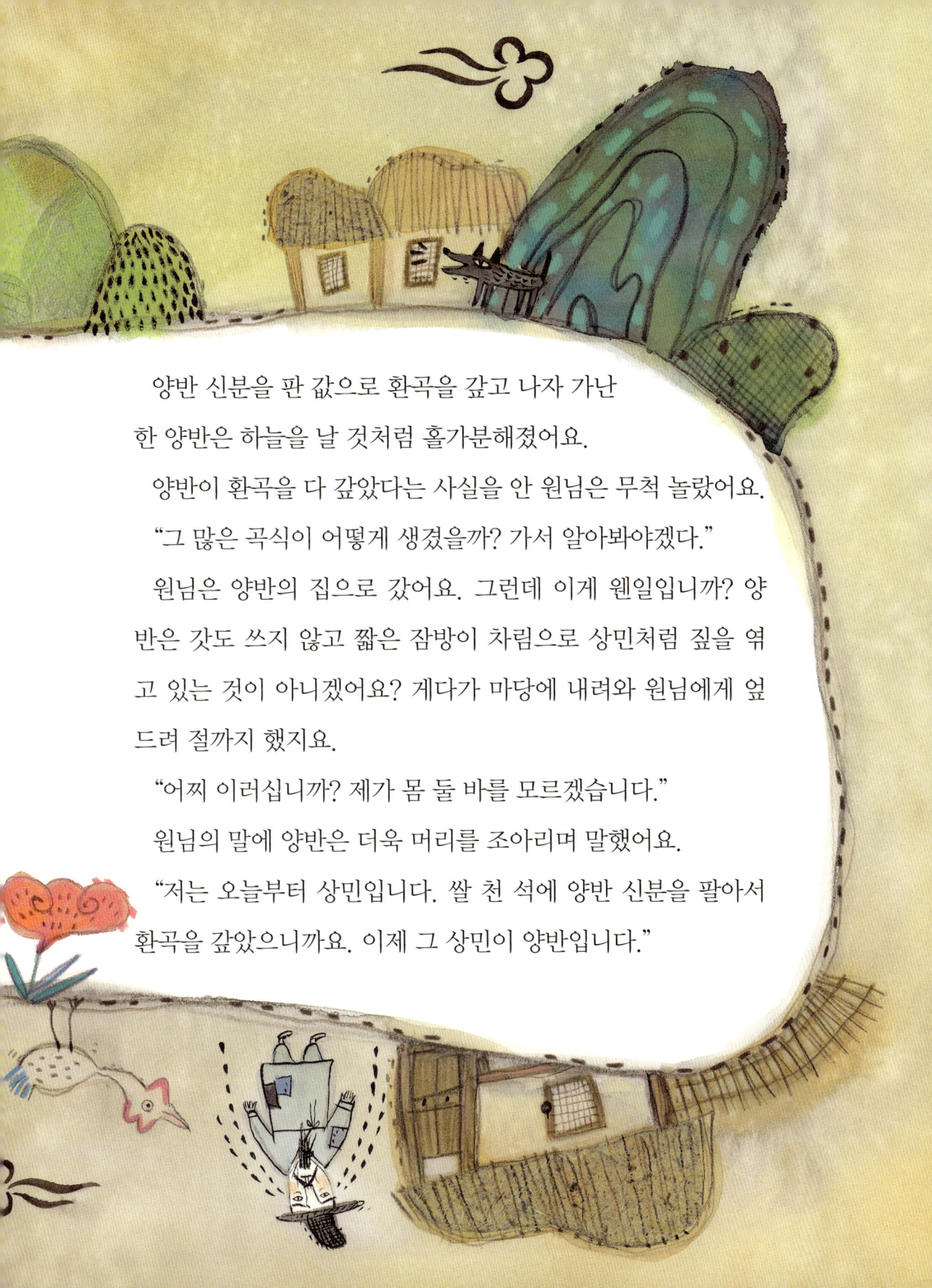

　양반 신분을 판 값으로 환곡을 갚고 나자 가난한 양반은 하늘을 날 것처럼 홀가분해졌어요.
　양반이 환곡을 다 갚았다는 사실을 안 원님은 무척 놀랐어요.
　"그 많은 곡식이 어떻게 생겼을까? 가서 알아봐야겠다."
　원님은 양반의 집으로 갔어요. 그런데 이게 웬일입니까? 양반은 갓도 쓰지 않고 짧은 잠방이 차림으로 상민처럼 짚을 엮고 있는 것이 아니겠어요? 게다가 마당에 내려와 원님에게 엎드려 절까지 했지요.
　"어찌 이러십니까? 제가 몸 둘 바를 모르겠습니다."
　원님의 말에 양반은 더욱 머리를 조아리며 말했어요.
　"저는 오늘부터 상민입니다. 쌀 천 석에 양반 신분을 팔아서 환곡을 갚았으니까요. 이제 그 상민이 양반입니다."

그러자 원님은 당장 상민을 대하듯이 말을 낮추었어요.

"그래? 그 상민이야말로 정말 양반이고 군자로구나. 어려운 이웃을 구해 주다니. 그러나 개인끼리 사고파는 것은 나중에 문제가 생길 수 있으니 내 직접 증서를 만들어 주마."

"증서라니요?"

"이 사람, 답답하기는. 양반증말일세!"

양반 신분을 사고판다는 소식을 들은 고을 사람들은 이 신기한 일을 구경하기 위해 모두 관가로 모였어요.

원님이 큰 소리로 양반증을 읽었어요.

"양반증! 아무 해, 아무 달, 아무 날에 아무개가 아무개한테 쌀천 석을 받고 양반 신분을 판다. 양반은 천한 말이나 행동을 하면 안 되고, 옛사람의 높은 몸가짐을 본받아 이를 따라야 한다. 양반은 날마다 새벽 네 시에 일어나 촛불을 켜고 글을 읽어야 한다. 세수할 때는 주먹으로 씻지 말고, 양치질할 때는 소리가 나지 않게 해야 한다. 걸을 때는 팔자걸음으로 점잖게 걷고, 신은 가볍게 끌어야 한다. 양반은 돈을 손에 쥐어서는 안 되고, 쌀값을 물어서도 안 된다. 아무리 더워도 버선을 벗지 말아야 하고, 밥을 먹을 때도 옷매무새를 제대로 갖추어야 한다."

원님은 양반증을 계속 읽어 나갔어요.

"또 양반은 물을 마실 때도 소리를 내지 말고, 수염을 적시지 말아야 한다. 한겨울에 춥다고 손을 화롯불에 쬐어서도 안 되고, 말을 할 때 침이 튀어서도 안 된다. 만일 여기 적힌 것 중 단 하나라도 어길 때는 양반증을 빼앗기게 될 것이다."

양반증을 다 읽은 원님은 마지막에 자기 이름을 적고 도장을 찍었어요. 그리고 양반증을 상민에게 주었지요.

상민은 양반증을 손에 쥔 채 불만스레 말했어요.

"양반이 겨우 이런 것입니까? 양반은 신선과 같다기에 비싼 돈을 주고 샀는데, 너무합니다. 좀 고쳐 주십시오."

상민은 원님을 붙들고 계속 부탁을 했어요. 그러자 원님은 양반증의 내용을 고치고 다시 읽어 주었어요.

"하늘이 백성을 네 가지로 구분했는데, 그 가운데 가장 귀한 사람이 선비이다. 이 선비를 양반이라고 부른다. 양반은 농사를 짓지 않고, 장사를 하지 않아도 살 수 있다. 고을 사람을 불러 자기 밭을 먼저 김매게 할 수 있다. 또 남의 소로 내 논을 먼저 갈게 할 수 있고, 어떤 놈이든 말을 듣지 않으면 양잿물을 먹이고 수염을 잘라도 된다."

　　원님이 다시 만든 양반증을 읽어 주자 상민은 더
욱 놀라 소리를 질렀어요.
　　"아니, 지금 나더러 도둑놈이 되란 말입니까?"
　　"도둑놈이라니! 자네가 그토록 원하던 양반이……."
　　"됐습니다. 이깟 양반 신분, 나는 필요 없으니 도로 가져가시오.
나는 안 사요, 안 사!"
　　상민은 벌떡 일어나 달아나 버렸어요. 그리고 다시는 양반 소리
를 입에 담지도 않았답니다.

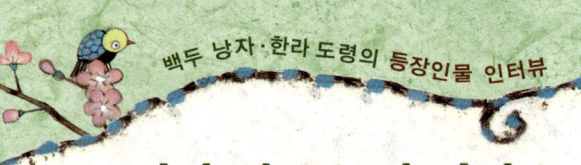

백두 낭자·한라 도령의 등장인물 인터뷰

양반 신분을 판 양반을 만나요

 양반님, 《양반전》을 읽는 내내 웃음이 났어요. 조선 시대 양반들이 다 양반님 같았다면 백성들의 존경을 못 받았을 것 같아요.

 내가 좀 우습지요? 물론 조선 시대 양반들이 모두 나 같지는 않았어요. 학문이 깊고 성품이 올곧은 훌륭한 양반들도 많이 계셨지요. 하지만 조선 후기로 갈수록 나처럼 몹시 가난하고 능력이 없거나, 형식과 체면만 중요하게 생각하는 양반들이 점점 많아졌답니다.

 아하! 연암 박지원은 바로 그런 양반들의 잘못을 꼬집기 위해 이 소설을 쓴 것이군요. 그러고 보니 박지원의 다른 소설 《허생전》과 《호질》도 양반을 풍자하는 내용이네요. 그런데 박지원도 양반이 아닌가요?

《연암집》

《연암집》은 박지원의 시와 산문, 편지 등을 모아놓은 책이에요.

연암 박지원은 양반 중에서도 좋은 집안 출신이었어요. 하지만 유학만 고집하는 답답한 양반이 아니라, 서양의 학문을 배워 나라를 부강하게 하고 백성을 편하게 살도록 해야 한다고 생각한 실학자였지요.

 그렇군요. 박지원은 소설뿐만 아니라 《열하일기》라는 기행문도 썼다면서요? 이 책에는 박지원의 어떤 실학사상이 담겨 있을지 궁금해요.

《열하일기》

박지원은 청나라 황제의 생일을 축하하는 사신들을 따라 청나라 국경 도시인 열하를 다녀왔어요. 《열하일기》에는 청나라에 들어온 서양 문물이며 새로운 학문 등이 생생하게 표현되어 있답니다. 소설은 아니지만 소설처럼 재미있게 쓰인 것이니 꼭 한번 읽어 보세요.

《열하일기》의 배경이 되었던 중국 청더는 북쪽 지방에 있지만 겨울에도 강물이 얼지 않아서 '열하(熱河)'라는 이름이 붙었어요.

박씨 부인전

조선 시대 여장부의 활약상

조선 인조 임금 때 이득춘이라는 사람이 살았어요. 이득춘은 결혼한 지 40년 만에 겨우 아들을 하나 얻었어요. 아들 시백은 어려서부터 하나를 가르치면 열을 알 정도로 총명했지요.

시백이 열여섯 살이 되던 어느 날, 한 남자가 이득춘을 찾아왔어요. 하얀 구름을 타고 학 두 마리의 호위를 받으며 내려오는 모습이 첫눈에 보기에도 평범한 사람 같지 않았어요.

"저는 금강산에 사는 박 처사라 합니다. 이 댁에 훌륭한 아들이 있다기에 제 딸과 혼인시킬까 하고 찾아왔습니다. 제 딸이 인물은 좀 못생겼으나 학문이 뛰어나고 재주가 많답니다."

"그럽시다. 아버님의 인품이 훌륭하시니 따님은 어련하겠소."

이득춘은 박 처사의 딸을 보지도 않고 약속을 해 버렸어요.

마침내 결혼식 날 시백은 처음 보는 신부의 얼굴이 궁금해 맞절을 하면서 신부의 얼굴을 슬쩍 보았어요.

"으악!"

신부의 얼굴을 본 시백은 하마터면 결혼식장 밖으로 뛰쳐나갈 뻔했어요. 크고 검붉은 얼굴에 볼록 튀어나온 이마며 왕방울만 한 눈, 울통불퉁한 볼, 아래로 축 늘어진 턱……. 괴물도 그런 괴물이 없었어요.

결혼식이 끝나자마자 시백은 아버지에게 달려갔어요.

"아버지, 저는 저 여자랑 살 수 없어요. 얼굴도 쳐다보기 싫은데 어떻게 부부로 산단 말입니까?"

이득춘은 큰 소리로 시백을 꾸짖었어요.

"에잇, 못난 놈! 여자는 외모보다 마음이 중요한 것이다. 어찌 이리도 경망스럽단 말이냐!"

시백은 하는 수 없이 신방으로 들어갔어요. 하지만 신부의 얼굴도 보지 않은 채 한쪽에서 새우잠을 잤지요.

"어머님, 문안 인사 올립니다."

"그래, 들어오너라."

다음 날 시댁으로 온 박씨 부인은 시어머니에게 인사를 드렸어요. 훌륭한 며느리가 들어온다고 잔뜩 기대를 한 시어머니는 박씨 부인의 얼굴을 보고 뒤로 나자빠질 뻔했어요.

'원, 못생겨도 저리 못생길 수가 있을까.'

시어머니는 며느리가 마음에 들지 않아 은근히 구박했어요. 하지만 이득춘은 며느리의 재주를 알고 무척 아껴 주었어요.

어느 날 박씨 부인이 시아버지를 찾아와 말했어요.

"아버님, 드릴 말씀이 있습니다."

"그래, 말해 보아라."

"내일 장에 가면 비쩍 마른 말이 한 마리 있을 것입니다. 그 말을 삼백 냥에 사 오라 하십시오. 꼭 삼백 냥을 다 주셔야 합니다."

이득춘은 이상한 생각이 들었지만 잠자코 하인을 보내 말을 사 오게 했어요.

하인은 삼백 냥을 들고 장에 나갔어요. 과연 비쩍 마른 말 한 마리가 꼬리를 살래살래 흔들고 있었지요.

"이 말 주시오. 옜소, 삼백 냥."

하인은 주인이 시킨 대로 삼백 냥을 내밀었어요. 그러자 말을 파는 상인이 깜짝 놀랐어요.

"이 말은 일곱 냥이오. 왜 이리 많은 돈을 주시오?"

"나는 모르겠소. 우리 주인이 시키는 대로 할 뿐이오."

그러자 말을 파는 상인이 하인을 꼬드겼어요.

"일곱 냥만 말 주인에게 주고 나머지는 우리 둘이 나눠 가집시다. 주인에게는 삼백 냥을 주었다고 하면 되지 않소?"

그 말을 듣자 하인은 욕심이 생겼어요. 그래서 둘이서 나머지 돈을 나누어 가졌지요.

박씨 부인은 말을 끌고 돌아온 하인을 큰 소리로 꾸짖었어요.

"어서 가서 말 주인에게 나머지 돈을 주고 오너라. 이 말은 삼백 냥을 다 주고 사야만 그 값어치가 있는 법이다."

"틀림없이 삼백 냥 다 줬습니다요."

"어허, 말 주인에게는 일곱 냥만 주고 상인과 둘이서 돈을 나누지 않았느냐? 주인에게 거짓말을 하다니 매운맛을 봐야겠구나."

하인은 박씨 부인에게 손이 발이 되도록 빌었어요. 그리고 말 주인에게 삼백 냥을 모두 주었지요.

박씨 부인은 좋은 여물로 말을 정성스레 키웠어요. 말은 아주 훌륭하게 자랐지요.

그러던 어느 날, 박씨 부인은 청나라에서 사신이 온다는 이야기를 듣고 사신이 오는 길목으로 말을 가지고 나가게 했어요. 청나라 사신은 말을 보더니 깜짝 놀라며 삼만 냥에 사갔어요.

알고 보니 그 말은 하룻밤에 천 리를 달린다는 천리마였어요. 잘먹지 못해 비쩍 말라서 사람들이 미처 알아보지 못한 것이었고요.

이 일이 있고 나서 시아버지는 박씨 부인을 더욱 예뻐했어요. 하지만 남편 시백은 여전히 박씨 부인에게 쌀쌀맞게 대했어요.

하루는 시백이 과거를 보러 가는 날이었어요. 박씨 부인은 남편에게 벼루를 하나 주었어요.

"이 벼루를 가지고 가십시오."

과거장에 도착한 시백은 박씨 부인이 준 벼루를 꺼내
놓고 먹을 갈았어요.

잠시 뒤 시험 문제가 나왔어요. 시백은 거침없이 답을 썼어요.
벼루가 소곤소곤 답을 말해 주는 것 같았거든요.

그때 박씨 부인은 집에서 낮잠을 자고 있었어요. 그런데 사실은
잠을 자는 게 아니라 벼루를 통해 시백에게 답을 불러 주고 있었
던 것이지요.

결국 시백은 박씨 부인의 도움으로 장원 급제를 할 수 있었어요.
하지만 시백은 박씨 부인의 도움을 받은 사실을 까맣게
몰랐지요.
　　박씨 부인이 시집온 지 꼭 3년째 되는 날이었어요.
아버지 박 처사가 구름을 타고 날아왔어요.
　　"애야, 그동안 얼마나 고생이 많았느냐. 이제 다
끝났구나."

딸의 손을 잡은 박 처사는 중얼중얼 주문을 외우기 시작했어요. 그러자 박씨 부인의 얼굴에서 흉측한 껍질이 벗겨지는 것이었어요. 검고 쭈굴쭈굴한 껍질을 벗은 박씨 부인의 얼굴은 무척 아름다웠어요.

"자, 이 껍질을 들고 시부모님과 남편에게 가서 네가 이렇게 변했다는 것을 믿게 해 드려라."

박씨 부인은 조그만 궤짝에 껍질을 넣고 시부모님을 찾아갔어요. 하지만 시부모님은 박씨 부인을 알아보지 못했어요.

"저예요. 아버님, 어머님."

박씨 부인은 조상이 지은 업보 때문에 못생긴 허물을 쓰고 살아야 했던 그동안의 사정을 털어놓았어요. 그러자 시어머니가 박씨 부인의 손을 덥석 잡았어요.

"미안하구나, 아가. 내가 잘못했다. 사람은 마음이 중요한 것을……. 내가 크게 실수했구나."

남편 시백도 깜짝 놀랐어요. 그리고 그동안 박씨 부인을 무시한 것에 대해 깊이 사과했지요.

"미안하오, 부인. 내가 어리석었소. 용서해 준다면 지금부터라도 잘하리다."

마음씨가 고운 박씨 부인은 시백을 용서했어요.

그 뒤 청나라가 우리나라를 쳐들어왔어요. 하지만 박씨 부인이 도술을 써서 청나라 군사를 모두 무찔렀어요. 그 공으로 시백은 높은 벼슬을 얻고, 두 사람은 오래오래 행복하게 살았답니다.

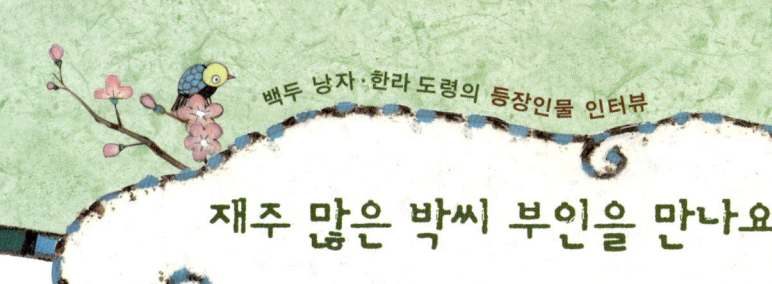

재주 많은 박씨 부인을 만나요

 박씨 부인님, 남편 이시백이 외모만 보고 박씨 부인님을 구박할 때는 저도 마음이 아팠어요. 하지만 박씨 부인님이 조선에 쳐들어온 청나라 군대를 물리치고 나라를 구하는 장면에서는 정말 통쾌했지요.

아, 병자호란 때 말이군요. 사실 병자호란은 조선이 청나라에 진 전쟁이에요. 청나라는 조선이 명나라와만 친하게 지내고 청나라는 무시한다는 이유로 병자호란을 일으켰어요. 인조 임금은 남한산성으로 피신했지만, 결국 삼전도에서 청나라 황제에게 절을 올리고 항복을 하고 말았지요.

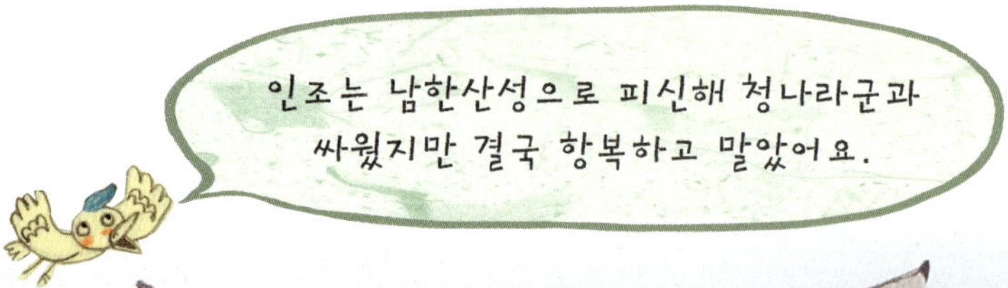

> 인조는 남한산성으로 피신해 청나라군과 싸웠지만 결국 항복하고 말았어요.

남한산성 수어장대

 삼전도의 굴욕이라면 저도 들어 봤어요. 병자호란이 끝나고 청나라의 황제는 자신의 공덕을 새긴 기념비까지 조선에 세우게 했다면서요?

맞아요. 바로 '삼전도비'이지요. 《박씨 부인전》의 결말이 실제 역사와 다른 이유는 이처럼 치욕적인 병자호란의 상처를 소설로나마 위로받고 싶었던 백성들의 바람이 들어가서일 거예요.

 그렇군요. 그런데 조선 시대에 여자가 나라를 구한 영웅이 되다니, 비록 소설이지만 깜짝 놀랐어요.

조선 시대에는 여자들이 차별을 많이 받았어요. 여자는 아무리 능력이 뛰어나도 과거를 보거나 벼슬에 나갈 수 없었지요. 하지만 조선 후기로 갈수록 여자들의 활동이 조금씩 늘어나고 여자에 대한 생각도 점차 변하게 되었어요. 그래서 나 같은 인물이 등장하는 소설도 나올 수 있었답니다.

삼전도비

 삼전도비는 우리 조상들이 겪은 전쟁의 아픔을 보여주고 있어요.

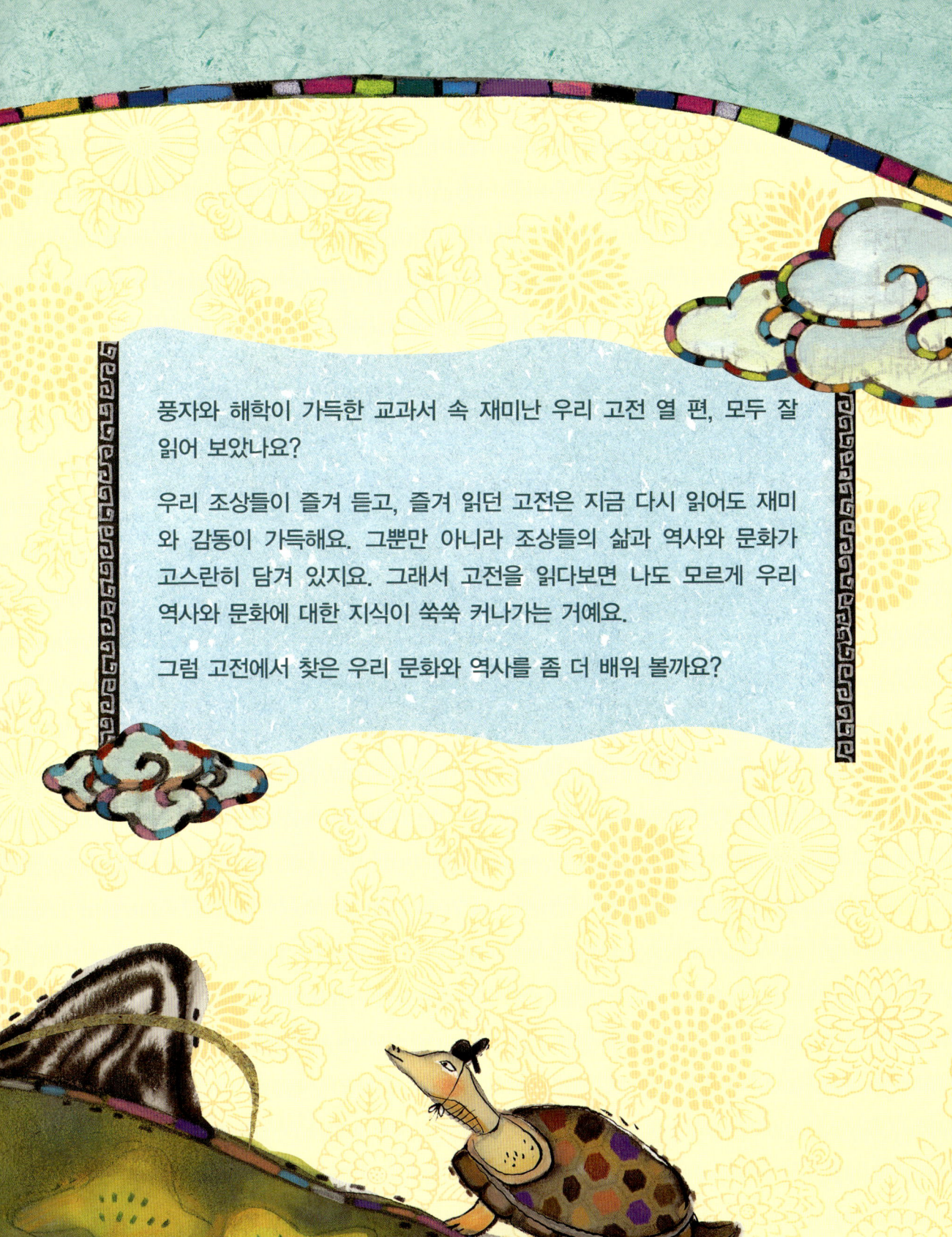

풍자와 해학이 가득한 교과서 속 재미난 우리 고전 열 편, 모두 잘 읽어 보았나요?

우리 조상들이 즐겨 듣고, 즐겨 읽던 고전은 지금 다시 읽어도 재미와 감동이 가득해요. 그뿐만 아니라 조상들의 삶과 역사와 문화가 고스란히 담겨 있지요. 그래서 고전을 읽다보면 나도 모르게 우리 역사와 문화에 대한 지식이 쑥쑥 커나가는 거예요.

그럼 고전에서 찾은 우리 문화와 역사를 좀 더 배워 볼까요?

생활 깊숙이 자리한 불교문화

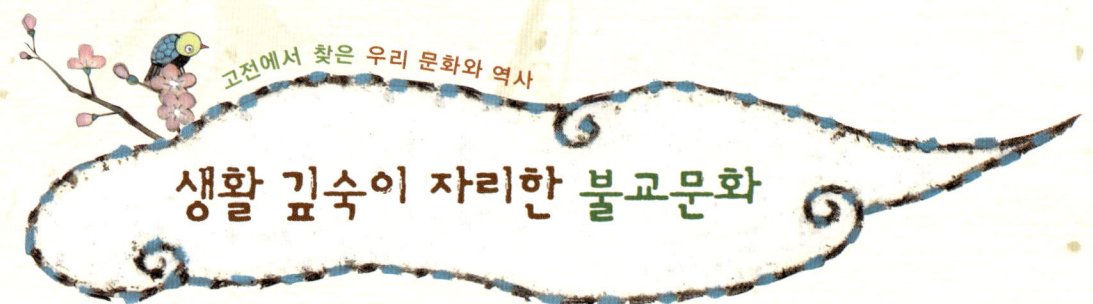

우리 고전 소설에는 절과 스님이 자주 등장해요. 《옹고집전》에서 옹고집을 혼낸 사람도 스님이고, 《임진록》에서는 사명당이란 스님이 활약을 하지요. 왜 그런가요?

옛날부터 불교가 우리 조상들의 삶에 깊이 배어 있기 때문이랍니다.

우리나라가 정식으로 불교를 받아들인 것은 삼국 시대 때라고 해요. 고구려는 소수림왕 때인 372년에, 백제는 침류왕 때인 384년에 불교를 받아들였어요. 신라는 귀족들의 반대로 불교를 쉽게 받아들이지 못하다가 법흥왕 때인 527년, 이차돈의 순교로 불교를 받아들이게 되었답니다.

고려 시대에는 불교를 숭상하는 '숭불정책'을 펼쳤어요. 왕실에서부터 불교를 믿고, 절

고려 팔만대장경에서는 불교를 통해 나라를 지킨다는 '호국불교' 정신을 엿볼 수 있어요.

을 보호하고, 덕이 높은 스님을 국사, 왕사로 뽑아 왕에게 조언을 하도록 했지요. 그래서 고려의 정치와 문화에는 불교가 아주 깊숙이 자리 잡았어요.

반대로 조선 시대에는 유교를 숭상하고 불교를 억압하는 '숭유억불정책'을 펼쳤어요. 하지만 불교는 이미 우리 민족의 종교와 문화, 생활과 예술에 깊이 뿌리를 내렸지요. 그래서 조선 시대에 지어진 고전 작품에도 여전히 절과 스님이 자주 등장하는 것이랍니다.

 그 밖에도 다양한 곳에서 불교문화를 엿볼 수 있어요.

경주 불국사 다보탑

경주 석굴암 본존불

양산 통도사

조선 시대 신분제도의 변화

《홍길동전》을 보면 길동은 천한 신분 때문에 아버지를 '나으리'라고 불렀어요. 그럼 《양반전》에 나오는 상민처럼 양반 신분을 돈으로 사면 되지 않을까요?

조선 시대에는 양반·중인·상민·천민의 네 가지 신분이 있었는데, 태어날 때부터 그 신분이 정해졌어요. 만약 부모 중 단 한 명이라도 천민이면, 다른 한 명이 양반이라도 자식은 천민이 되었지요. 바로 홍길동처럼 말이에요.

그런데 조선 후기로 들어서면서 신분제도가 변하기 시작했어요. 양반 중에도 오랫동안 벼슬을 못 해 양반 신분을 지키지 못 할 정도로 가난한 사람이 생기는가 하면, 중인이나 상민들 중에는 돈을 많이 벌어 돈으로 관직을 사서 양반이 되기도 했어요. 또 천민들도 돈을 내고 상민 신분을 얻기도 하고, 임진왜란과 병자호란에서 공을 세워 천민의 신분에서 벗어나기도 했지요.

金致鍾
甲申生
乙酉嘉善

호패는 조선 시대 신분증이에요.
신분에 따라 모양도 다르고
적혀 있는 내용도 달랐지요.

이렇듯 불평등하고 불합리한 신분제도가 흔들리던 조선 후기에는 《양반전》을 비롯한 여러 작품들에서 양반을 풍자하고 비판하는 일이 많았어요.

하지만 안타깝게도 《홍길동전》의 배경은 신분제도가 굳건하던 조선 시대 전기예요. 따라서 홍길동이 양반 신분을 사는 일은 있을 수 없답니다.

 **그 밖에도 다양한 곳에서 신분제도를 엿볼 수 있어요.**

반상도

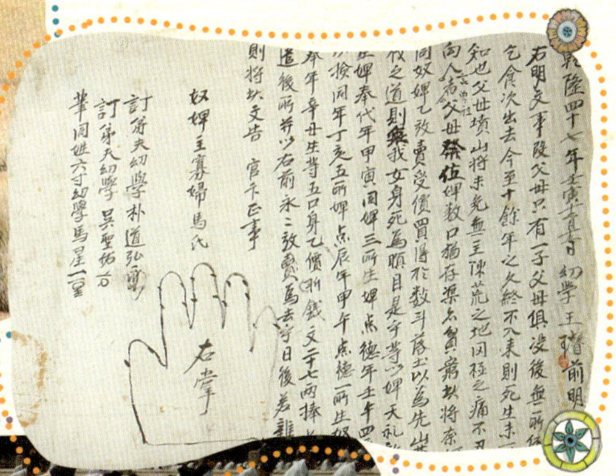

노비매매문서

과거시험

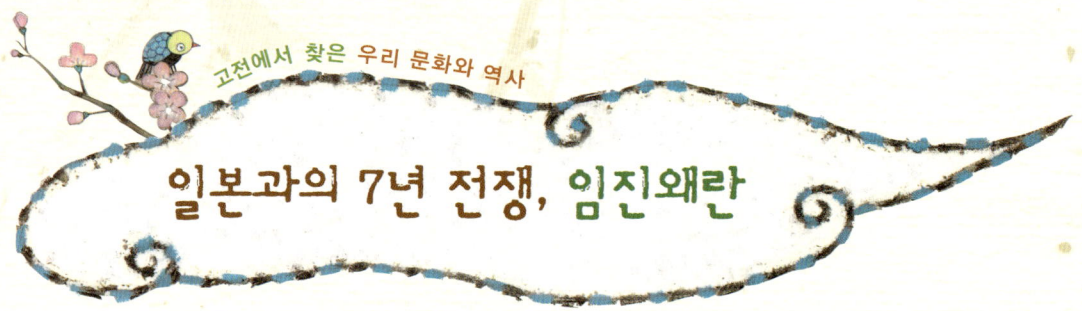

고전에서 찾은 우리 문화와 역사

일본과의 7년 전쟁, 임진왜란

《임진록》은 임진왜란 때 나라를 지킨 영웅들을 주인공으로 한 소설이에요. 임진왜란은 어떤 사건이기에 이렇게 문학 작품의 배경이 되었나요? 자세히 알고 싶어요.

임진왜란은 1592년부터 1598년까지 있었던 조선과 일본 간의 전쟁이에요.

조선 선조 임금 때, 일본의 도요토미 히데요시는 여러 세력으로 나뉘어 있던 일본을 통일했어요. 그리고 조선과 명나라마저 손에 넣기 위해 임진왜란을 일으켰지요.

조선은 갑작스러운 일본의 공격에 힘없이 무너졌어요. 당시 조선의 정치인들은 당파싸움을 하느라 일본의 정세에는 관심이 없었거든요. 율곡 이이가 10만의 군사를 길러 전쟁에 대비하자는 '십만양병설'을 주장했지만 아무도 귀를 기울이지 않았어요.

결국 전쟁이 일어나자 선조 임금은 한양을 포기하고 피난길에 올랐고, 일본군은 순식간에 함경도까지 밀고 올라왔지요.

이순신 장군은 거북선을 이끌고
바다에서 일본군을 크게 무찔렀어요.

　　다행히 조선군은 이순신 장군과 거북선의 활약으로 전세를 역전할 수 있었어요. 그리고 나라를 구하기 위해 여기저기서 의병들이 일어났고, 진주성의 김시민 장군과 행주산성의 권율 장군 등도 일본군을 크게 무찔렀지요. 결국 일본의 조선 침략은 실패로 돌아갔어요.

　　하지만 7년 동안 계속된 전쟁으로 조선 백성들은 지칠 대로 지쳤어요. 그런 상황에서 《임진록》과 같은 소설이 등장하여 백성들의 마음을 조금이나마 위로해 주었답니다.

 그 밖에도 다양한 곳에서 임진왜란을 엿볼 수 있어요.

이순신 장군

행주대첩비

진주성

〈오십 빛깔 우리 것 우리 얘기〉 시리즈
권별 교과 연계표

국 국어 사 사회 과 과학 도 도덕 음 음악 미 미술
체 체육 실 실과 바 바른 생활 슬 슬기로운 생활 즐 즐거운 생활

- 신 나는 열두 달 명절 이야기 　사 3-2　사 5-1　사 5-2　슬 1-2
- 관혼상제, 재미있는 옛날 풍습 　국 1-2　국 4-1　사 3-2　사 5-2
- 조상들은 어떤 도구를 썼을까 　국 2-2　사 3-1　사 5-1　사 5-2
- 옛날엔 이런 직업이 있었대요 　국 5-1　국 6-2　사 3-1　사 4-2
- 꼭 가 보고 싶은 역사 유적지 　국 4-1　국 4-2　사 6-1　사 6-2
- 신토불이 우리 음식 　국 3-1　사 3-1　사 5-1　사 6-2
- 어깨동무 즐거운 우리 놀이 　국 4-1　사 5-2　체 4　즐 1-2
- 나라를 다스린 법, 백성을 위한 제도 　사 3-2　사 4-1　사 6-1　사 6-2
- 하늘을 감동시킨 효자 이야기 　도 3-1　도 5　바 1-1　바 2-2
- 오천 년 지혜 담긴 건물 이야기 　국 4-1　국 4-2　사 5-1　사 5-2
- 세계가 놀란 발명 이야기 　국 3-1　국 5-2　사 3-1　사 5-2
- 빛나는 보물 우리 사찰 　국 4-1　사 6-2　바 2-2
- 나라의 자랑 국보 이야기 　국 5-2　사 6-1　사 6-2　바 2-2
- 나라를 지킨 호랑이 장군들 　국 4-2　국 6-1　사 6-1　바 2-2
- 오천 년 우리 도읍지 　국 4-1　사 5-2　사 6-1
- 하늘이 내린 시조 임금님들 　국 6-2　사 5-2　사 6-1　바 2-2
- 옛날 관청과 공공시설 　사 3-1　사 3-2　사 6-1　사 6-2
- 옛사람들의 우정 이야기 　국 4-1　국 6-2　도 3-1　바 1-1
- 얼쑤, 흥겨운 가락 신 나는 춤 　국 6-1　국 6-2　사 3-1　음 3
- 아름다운 독도와 우리 섬 　국 2-1　국 4-1　국 5-2　사 4-1
- 본받아야 할 우리 예절 　국 3-2　도 4-1　바 2-1　바 2-2

오십 빛깔 우리 것 우리 얘기 27

교과서 속 우리 고전

초판 1쇄 인쇄 | 2011년 6월 17일
초판 2쇄 발행 | 2016년 4월 25일

글쓴이 | 우리누리
그린이 | 김미정

발행인 | 이상언
제작책임 | 노재현
마케팅 | 오정일, 김동현, 김훈일, 한아름
디자인 | 레드스튜디오

발행처 | 중앙일보플러스(주)
주소 | (04517) 서울시 중구 통일로 92 에이스타워 4층
등록 | 2007년 2월 13일 제2-4561호
판매 문의 | (02) 6416-3917
홈페이지 | www.joongangbooks.co.kr
페이스북 | www.facebook.com/hellojbooks

ⓒ 우리누리 2011

ISBN 978-89-278-0123-8
      978-89-278-0092-7 14800(세트)